꽃은 무죄다

검사 이성윤의
검檢 날수록
화花내는 이야기

꽃은 무죄다

이성윤 글·사진

아마존의나비

<일러 두기>

1. 책에 실린 식물학적 정보는 국립수목원 〈국가생물종지식정보시스템〉을 참조하였음.
2. 책에 인용한 시는 해당 출판사를 통한 저작권자의 사전 승인을 받아 수록함.
3. 책에 수록된 모든 사진은 저자가 직접 촬영한 사진임을 밝힘.

야생화는 진실하다.

나는 다시 피어난 시대정신의 향기를

이 책에서 맡았다.

눈 밝은 자들은 들꽃 속에 감추어진 진실을

찾아낼 것이다.

더불어 따뜻한 인간애와 정의의 색깔도

함께 즐기기 바란다.

소설가 권행백

프롤로그

"나는 꽃개다."

나는 종종 남양주에 있는 정약용 생가를 찾는다. 시인이자 행정가이며 과학자였던 다산 정약용은 나보다 딱 2백 년 먼저 세상에 태어난 천재였다. 작은형 정약종은 천주교인이라는 죄목으로 죽임을 당하고 큰형 정약전과 본인은 유배형을 받았다. 실사구시를 몸소 실천한 그의 집 마당에는 다산이 만들었다는 거중기(擧重器)가 큰 키로 서서 실학자의 면모를 보여 준다. 나는 그의 학문적 집념 외에도 거중기만큼이나 우뚝 선 목민(牧民)의 정신에 감탄하곤 한다.

다산의 생가는 동시에 그의 친형 정약전이 어릴 때 함께 뛰어놀던 곳이기도 하다. 나의 관심은 같은 죄목으로 흑산도로 유배된 정약전에게 옮겨진다. 그는 이 나라 최초의 해양 생물 전문서라고 할 수 있는《자산어보》의 저자로서 귀양살이 중에도 서신을 통해 같은 처지의 동생에게 멘토가 되어 주었다. 정치 담론을 실은 동생의 저술 활동에 논평을 아끼지 않았지만, 정작 스스로는 현실 정치에 대한 관심을 지워 버리고 힘없는 민초를 향해 애정의 눈길을 돌렸다. 그는 양반과 노비가 따로 없고 임

금과 백성의 차별도 없는 그야말로 평등 세상을 꿈꾸었다. 그는 내로라하는 양반가의 자손이었으나 누구보다 겸손하였던, 진정한 민주주의자였던 것이다. 가난한 섬사람들의 생활상을 지켜보다 급기야는 각종 물고기와 해초를 관찰하고 그 쓰임새와 생태를 기록하기에 이른다. 섬에서 태어나고 자란 스무 살도 안 된 청년을 스승 삼아 해양 생태를 배웠으니 신분상의 권위주의가 그들 사이에 끼어들 틈은 없었다. 물론 그의 눈에 보이는 바다의 생명체들은 귀양살이의 통한과 외로움을 달래 주는 좋은 소재이며 동무였을 것이다.

나는 180년 전의 또 다른 옛 선배를 만난다. 제주도 유배지에서 모진 바닷바람을 이겨 내고 피워 낸 수선화를 사랑했던 추사 김정희의 마음과 마주한다. 고통과 풍설을 고아(高雅)함과 의연함으로 바꾸어 낸 그 위대한 생명체에서 위안과 소망을 보았으리라.

나는 진천의 법무연수원 생활 중에 틈나는 대로 산책길을 찾았다. 이 정부에서 밀려난 바로 그곳에서 나는 반가운 벗들을 만났다. 산책길에서 내게 몸을 흔들어 미소를 보인 풀꽃들이 있었다. 적적함을 달래기에 그만이었다. 그러지 않아도 오래전부터 나는 아내와 함께 등산로에서

꽃 사진을 찍곤 하였는데 모으다 보니 어느덧 수만 장이 되었다.

아내의 취미는 꽃 그림 그리기이다. 교육 자료 삼아 시작한 일이 그녀를 전문가 수준으로 올려 놓았다. 작품을 모아 책을 내기도 했으니 나는 아내의 실력을 인정해 줄 수밖에 없었다. 나는 짬이 날 때마다 식물도감을 찾아보거나 인터넷 검색으로 들꽃에 대한 지식을 늘려 갔다. 직장 일이 바쁘다는 핑계로 아내에게 시간을 거의 내주지 못한 죄책감을 덜어내기 위해서라도 꽃 이름이나 꽃말, 생태적 특징 등을 열심히 머릿속에 구겨 넣었다. 외국어로 된 이름들이 많아 때로는 사법 시험 준비하던 노력과 열정이 필요했다.

어쩌다 주말에 함께 나지막한 뒷산이라도 오르게 되면 나는 아내보다 두어 걸음 앞서가며 풀꽃을 찾았다. 그러고는 암기해 둔 지식을 뽐내며 곁눈질로 아내의 표정을 살폈다. 그녀의 얼굴에 번지는 미소는 내게도 일상의 스트레스를 날려 주는 명약이었다. 아내가 계절에 맞춰 피어나는 꽃 이름을 대며 내게 찾아보라고 할 때면 나는 기다렸다는 듯 앞으로 달려 나갔고, 주위를 살펴 기어이 목표물을 찾아내곤 했다. 훈련된 군견이 폭발물을 탐색하거나 수사 보조견이 공항에서 마약 냄새를 맡

듯 나는 산책로 주변의 향기를 훑으며 나아갔다. 발에 밟히는 잡초가 질긴 생명력을 자랑하듯, 얼핏 보잘 것 없는 풀꽃일수록 강한 향내를 풍기기 마련이었다. 아내가 그린 세밀화 모델 중에 내가 찾아낸 풀꽃이 많은 이유다.

마침내 아내는 내게 '꽃개'라는 별명을 붙여 주었다. 꽃향을 금세 잡아내는 개코를 가졌다는 뜻이었다. 신라 시대 수로부인에게 절벽 위의 꽃을 따 주었다는 〈헌화가〉의 주인공이 된 것 같았고, 조금은 남편 노릇도 한 것 같아 여간 뿌듯하지 않았다.

검찰 공무원으로 청춘을 보낸 자에게 꽃 이야기라니. 엉뚱하기도 하고 생경하게 느껴질 수도 있겠다. 하지만 그동안 모아 둔 사진들을 다시 꺼내 보며 나는 용기를 냈다.

어지간한 대학의 캠퍼스보다 더 넓은 진천의 법무연수원은 외곽의 둘레길만 한 바퀴 돌아 보려 해도 두어 시간은 족히 걸린다. 봄에는 형형색색의 꽃이 피고 따가운 가을볕 아래로 대추가 주렁주렁 열린다. 카메라의 초점을 맞추면서 나는 흑산도에서 물고기를 관찰하던 사내를 떠올린다. 섬에서 귀양살이하던 선배들의 열정과 수선화의 생명력에 어찌 버

금갈까마는 이 글을 쓰면서 《자산어보》를 짓고 〈세한도〉를 그리던 심정을 조금이라도 새겨 보려 한다.

내가 언론에 자주 거론될수록 검사의 아내로서 자신을 드러내지 않으려고 오히려 숨죽여 지낸 아내는 남편에 대한 원망과 섭섭함을 그림 그리기로 승화시켰다. 가슴 졸이며 살아 왔던 그녀의 지난 세월에 내가 조그만 보상이라도 해 줄 수만 있다면 나의 부끄러운 재주쯤이야 공개 못할 이유가 없지 않겠나.

아내가 그려 둔 세밀화와 꽃말을 빌려 와 내가 찍은 사진들 사이에 넣고 그 꽃을 선정한 사연도 풀어 내려 한다. 가정적인 남편일 수 없었던 이유가 될 것이고 아마도 못난 남편의 변명이 될 듯도 하다. 이것이 함께 해 온 짧지 않은 세월 잃어버린 점수를 조금이라도 만회하려는 자의 잔꾀라는 것도 숨기지 않는다. 아내에 대한 사랑의 고백이자 뒤늦은 애정공세가 약효를 발휘해 주기를 고대한다.

차례

1

화 和

2

통通

3

순 順

4

그리고, 희망望

1
화(和)

복수초 세밀화, 이상숙 그림

꽃개의 연원

빼앗긴 이름이여 다시 부를 이름이여

섬단풍나무

Acer takesimense Nakai. 섬단풍나무의 학명이다. 이렇게 예쁜 단풍나무는 드물다. 울릉도와 같은 우리나라 섬에서만 자라는 단풍나무라 섬단풍이라고 이름 붙여졌다. 한반도에서만 자라는 특산 식물이지만 학명에는 독도를 자기네 땅이라고 우기며 부르는 일본어 '다케시마'가 그대로 들어 있다. 학명을 지은 식물학자 나까이(Nakai)가 양심이 있는 사람이어서 당시 현지에서 불리는 종소명(種小名)* 을 붙였더라면 다케시마 대신 당연히 '독도'나 '울릉도'로 정해야 했다. 이렇듯 일본인들은 늘 자기네 중심으로 생각하여 사리에 맞지 않는 짓도 서슴없이 저지른다.

섬단풍나무 잎

* 생물의 학명을 이명법으로 표시할 때에, 속명(屬名)에 이어 두 번째 붙이는 이름으로 그 종 자체의 이름을 의미한다.

광복 후 지금까지 뜻있는 분들이 창씨개명을 안타까워하면서 우리 민중이 부르던 이름으로 바꾸자는 노력을 했다.

예컨대 봄을 알리는 꽃 중에 '큰개불알풀'이 있다.

큰개불알풀. 듣기에 좋은가?

이 이름은 일제 강점기 '마키노'라는 일본 식물학자가 붙인 것이다. 꽃의 열매가 '개의 음낭'을 닮았다는 이유였다. 이 이름을 '봄까치꽃'으로 부르자는 제안이 있다. 하지만 역사성 또한 중요하다는 이유로 한 번 정해진 식물명은 잘 바뀌지 않는다.

큰개불알풀

큰개불알풀꽃

일제가 우리나라를 병탄하고 맨 처음 한 일이 토지 조사이고 이 사업을 위해 생긴 것이 '사정부(査定簿)'다. 우리나라 토지 소유권의 연원이라고 한다. 또한 마끼노 또는 나까이 같은 식물학자를 동원해 한반도의 식물을 조사하고** 학명을 붙였다. 이에 따라 우리 민중들이 부르던 전통의 꽃 이름은 일본식으로 창씨개명되었고, 또한 학명으로 등록해 버림으로써 영구히 변경할 수 없도록 대못을 박았다.

식물원에 들어가 유심히 살피다 보면 식물 이름 밑에 학명이 붙어 있는 경우를 많이 볼 수 있다. 대부분 일본 식물학의 아버지라 불리는 '마끼노'나 '나까이'라는 글자가 들어 있는데, 앞서 얘기했듯 이는 일제 강점기 식물학자의 이름을 따 붙인 학명이다.

마찬가지 예로 '며느리밑씻개'라는 풀이 있다. 며느리밑씻개는 치질 예방에 쓰이는 데서 유래되었다는 말도 있지만, 화장지가 귀하던 시절

** 《조선식물향명집》도 이렇게 '査定'했다고 기록되어 있다.

시어머니가 며느리를 미워하여 부드러운 풀잎 대신 가시 돋힌 이 풀로 밑을 닦도록 했다는 이야기에서 유래했다 한다.

그럼 이 풀잎으로 밑을 씻을 수 있을까? 며느리밑씻개는 우리 주변에 흔한 풀이지만 한 번이라도 본 사람이라면 가시가 너무 날카롭고 많아 그걸로 밑을 닦는 일은 상상도 못 한다. 차라리 안 닦고 말지.

며느리밑씻개 잎

며느리밑씻개꽃

그런데 이 며느리밑씻개라는 이름 또한 일본인들이 창씨개명한 결과라는 주장이 있다. 일제 강점기 이전까지 불리던 우리의 본디 이름 '사광이아재비'가 '의붓자식 엉덩이 닦개'쯤으로 번역되는 일본명 '마마코노시리누구이(継子の尻拭い)'에서 비롯된 비루한 이름이라는 주장이다.*** 며느리가 아무리 미워도 우리네 시어머니들이 설마 그런 것으로 밑을 닦게 했을까.

야생화에 관심을 갖게 된 계기를 말하다 보니 장광설로 시작하게 되었다.

2000년 무렵까지 나는 여느 직장인들처럼 주말에 시간을 내어 골프를 쳤다. 평검사 시절이다 보니 새벽 운전으로 선배들을 모시고 라운딩을 마치고 집으로 돌아오면 하루해가 훽 지나가 버리곤 했다. 남편이라는 작자가 주중에는 일한다고 나가고 주말에는 놀러간다고 집을 비우니 불만이 쌓였겠지만 아내는 묵묵히 말이 없었다. 그렇게 몇 년을 생각 없이 흘려보냈다. 그러다 뒤돌아보니 아내에게 병마가 찾아와 있었고 심각한 우울증이라는 경고를 자주 받았다. 이를 어찌해야 할까. 일단 주말에 골프를 끊고 아내가 좋아하는 걸 하기로 했다. 대학생 시절엔 음악을 좋아하던 아내가 야생화에 눈을 돌렸으므로 나도 거기에 슬그머니 숟가락을 얹었다. 야생화를 사랑한 아내는 세밀화까지 그려 냈고, 얼마 전에는 동료들과 함께 보태니컬 책을 출판할 정도로 프로가 되어 있었다.****

*** 모야모, "광복 70년, 우리 꽃에 붙은 일본식 이름들을 바로 잡자." 뉴스와이어, 2015. 08. 13일자

**** 이상숙 외 5인,『인생 참, 꽃 같다』, 티케. 2022년

자연에 동화된 나의 상숙 씨

그때만 해도 나는 눈 밝은 데는 자신 있어 아내와 동행하며 야생화를 찾아보기로 했다. 그 와중에 특히 창씨개명된 야생화들이 나의 관심을 끌었다. 냄새를 잘 맡는 개코처럼 아내가 원하는 꽃을 찾아 주는 역할에 자원했고 나는 기꺼이 '꽃개'가 되었다. 꽃개는 자동차를 운전하고 아내와 함께 도착한 산길을 앞장서 올라 야생화를 찾아내 보여 준다. 이렇게 찾아낸 야생초가 광덕산의 박새, 남한산성의 큰구슬붕이와 병아리풀, 한택식물원의 진짜 목련, 풍도에서 본 복수초, 검단산에서 만난 청노루귀 등이다.

이제 아내는 보태니컬 미술을 취미로 굳혀 야생화를 화폭에 담고 있다. 아내를 위한 꽃개의 삶은 지금도 계속 된다. 왜냐고? 시인 김용택 님의 시*****로 답을 대신한다.

꽃집에 가서
그대가 꽃을 보며 묻는다.
이 꽃이 예뻐
내가 예뻐
참 내, 그걸 말이라고 해

당신이 천 배 만 배 더 예쁘지

***** 김용택 시집《달이 떴다고 전화를 주시다니요》, 마음산책, 2021년 수록 시 〈속두고 한 말〉, 마음산책의 승인을 얻어 인용하였음.

꽃개의 길

꽃개의 삶

양지꽃

언 땅을 녹인 애틋한 사랑

장미과에 속하는 양지꽃(*Potentilla fragarioides var. major*)은 그 이름처럼 양지바른 산과 들에서 잘 자란다. 묵은 뿌리에서 해마다 움을 틔우는 숙근성(宿根性)이므로 여러해살이풀이다. 붉은 빛을 띤 줄기는 긴 털을 달고 비스듬히 선다. '소시랑개비'라고도 부르는데 나는 이런 이름이 정겹다.

잎 가장자리에 톱니가 있으며 작은 잎은 뒤집힌 달걀 모양을 띤다. 4~6월에 줄기 끝에서 갈라져 나온 가지마다 노란색 꽃이 핀다.

양지꽃

2021년 1월 23일 토요일, 아내와 내 고향 고창을 방문했다. 앞산에 모신 부모님 산소에 성묘를 하고 군데군데 눈이 덜 녹은 묘소를 둘러보았다. 그런데 아내가 느닷없이 큰 소리로 나를 부른다.

무덤가에 핀 양지꽃

"여기 양지꽃이 있어요!"

볕이 잘 드는 봉분 한쪽은 반쯤 눈이 녹았고 그 사이에 애틋하고 처연한 모습의 양지꽃이 노랗게 올라와 있었다. 순간 가슴이 뜨거웠다. 작고 여린 꽃은 봉분에 딱 붙어서 잘 보이지도 않았는데 아내의 눈에 띈 것이 신기하고 감동이었다. 그날 나는 업무일지에 이렇게 적어 놓았다.

양지꽃이 피어 있었다. 4~6월 사이에 피는 그 꽃이 양쪽 묘지에 노란 얼굴을 힘겹게 드러냈다. 그 추운 겨울을 견디고 이렇게 이른 시기에 피어난 이유는 무엇일까?

나는 사진을 찍었다. 확대해 가며 몇 송이를 더 찍기도 했다. 제철이 아님에도 고생하는 자식을 위해 부모님이 힘겹게 피워 내신 것처럼 생각되었다. 노오란 그 꽃을 보니 자식을 생각하는 부모 마음이 느껴져 눈물이 나고 한편으로 큰 위로가 되었다.

양지꽃의 꽃말은 '사랑스러움'이다. 비록 생계(生界)는 다르지만, 부모의 애틋한 정으로 피워 낸 꽃이라 생각하니 가슴이 먹먹했다.

어머니 아버지, 감사합니다.

2021년 1월은 채널A 사건 등 서울중앙지검에서 하는 수사는 물론이고, 내가 과거 대검찰청 반부패강력부장으로 근무하던 중에 김학의 출국 금지 수사를 방해했다는 혐의까지 사사건건 언론에 오르내리던 시기다. 나는 그 무렵 고향에 있는 누나를 뵙고, 다시 앞산에 있는 부모님 묘소도 찾았다.

양지꽃은 조그맣지만 큰 위로와 온기를 준다. 어느 시인의 말처럼 "자세히 보아야 예쁘다."

개망초

미움받을지언정 '중꺾마'

개망초(*Erigeron annuus*)는 국화과 두해살이풀이며 북미 원산의 귀화 식물로 길가나 빈터에서 흔히 자란다. 높이 30~100cm로 줄기는 곧게 서며 위쪽에서 가지가 갈라지기도 한다. 전체에 퍼진 털이 있으며 줄기 속이 채워져 있다.

망초는 19세기 말경 일본 귀족들이 북아메리카에서 관상용으로 들여와 키우던 화초였다. 그런데 외래종들이 대부분 그렇듯 이들이 버려지고 방치되면서 일본 전역에 퍼지게 되었고, 1900년대 초에 우리나라까지 들어와 을사늑약이 강요되었던 해에는 전국으로 번져 하얗게 피었다고 한다.

엉뚱하게도 사람들은 나라를 빼앗긴 울분을 흐드러지게 핀 망초에게 씌워 비난했다. 하여 망초라는 이름이 나라를 망하게 한 '망국초(亡國

개망초 꽃

草)'에서 유래했다고 주장하는 사람도 있다. 사실 망초에게 무슨 잘못이 있겠는가. 오히려 나라 잃은 백성들을 위로하려 피었을지도 모를 일인데….

생김새가 망초와 닮은 개망초가 있다. 개망풀 혹은 여전히 망국초라고도 부른다. 그런 개망초는 지금도 봄부터 가을까지 전국에 지천으로 하얗게 피어난다. 망국초라고 손가락질을 하든 말든.

법무연수원 숙소 입구에서 세 번이나 꺾였는데도 기어코 꽃을 피워낸 개망초를 보았다. 기특하고 안쓰러워 사진을 찍어 암 투병으로 고생하는 지인에게 보내 드렸다. 며칠 뒤 덕분에 힘을 얻었다는 답을 받았다.

줄기가 꺾인 채 계단에 누워 핀 개망초

나는 2019년 7월 말부터 2020년 1월 12일까지 법무부 검찰국장으로 근무했다. 법무부 외청인 검찰청 소속 검사들은 검찰국장을 무슨 대단한 자리로 여길지 모르겠다. 검찰국장이 자신들의 인사권을 쥐고 있다는 생각 때문일 것이다. 하지만 법무부 장관 보좌를 우선하는 직책이라 장관과 대검찰청의 통로 역할을 해야 했다. 장관에 지명되어 서해맹산(誓海盟山)의 각오로 검찰 개혁에 나선 조국 장관을 돕다 보니 검찰청에서는 나를 심지어 을사오적에 빗대 비난하는 목소리도 들려왔다. 같은 검사인 내가 검사들의 이익에 반하는 길로 나선다는 불만이었다.

내겐 미움받을 용기가 필요했다. 나는 현재 추진하는 검찰 개혁의 방향이 맞다고 그들을 설득하면서 차근차근 그러나 신속하게 개혁을 추진했다. 요즘 들어 자주 듣게 되는 '중꺾마'의 각오였다. 내가 법무부 검찰국장으로 일하는 5개월 동안에도 박상기, 조국, 추미애의 순서로 세 분이 법무부 장관 자리를 맡았다. 격변의 세월이었다.

나는 지천으로 널려 있어 어디서나 볼 수 있는 개망초를 생각하며 혼란스런 마음을 달랬다. 을사늑약 무렵 나라를 망하게 한 꽃이라는 근거 없는 비난도 받았지만 나는 그 꽃이 가진 또 다른 의미를 되새겼다. 존재의 이면 말이다.

망초꽃은 종종 기시미 이치로가 쓴『미움받을 용기』의 한 대목을 연상시킨다.

> 둥글거나 모나거나 하지 않고 육각형 같은 사람이 되어야 해. 행복해지려면 미움받을 용기도 있어야 하네. 그런 용기가 생겼을 때 자네의 인간관계는 한순간에 달라질 걸세.

개망초꽃과 꽃에 달라 붙은 …

복수초

복수를 꿈꾸는 인내와 사랑

꽃개는 산과 수목원뿐만 아니라 배를 타고 섬에도 찾아간다. 하여, 이른 봄이 되면 나는 아내 손을 잡고 '봄 야생화의 천국'이라 불리는 풍도에 간다.

풍도는 행정구역상 안산시지만 충청도 서산 삼길포에서 배를 타고 가는 것이 더 편리하다. 섬 주변에 수산 자원이 많다 하여 풍도(豊島)라 한다지만 나는 겨울 바람이 많고 야생화가 많아 지어진 이름이라 여긴다.

풍도는 특히 복수초의 보고이다. 풍요로운 섬이라 부르기에는 면적이 작고 특별할 게 없지만 야생화가 섬 비탈을 노랗게 물들이는 이른 봄이면 꽃을 좋아하는 사람들에겐 동경의 대상이 된다.

아내와 나에게 풍도의 상징은 역시나 복수초다. 복수초를 알기 전까지 내 흠모의 대상은 얼레지라는 풀이었다. 그런데 복수초의 생태를 알게 되면서 우리나라 자생 식물 다수는 이런 기특하고도 험한 탄생 과정을 거쳐 피어나는 강인한 풀이라는 사실을 알게 되었다. 복수초는 씨앗으로 발아한 첫해에는 떡잎만 돋고 자라다 그만 시들어버린다. 그 다음 해에도 갈라진 모양의 줄기잎만 보여 주고는 허망하게 사라진다. 3~4년이 지난 후에야 비로소 꽃이 피고 잎이 자라 복수초 본래의 완성체가 된다.

복수초 떡잎

복수초 줄기잎

복수초꽃

눈을 뚫고 피어난 복수초

복수초의 완성

꽃이 피는 시기도 추운 겨울의 끝자락이다. 얼음을 뚫고 올라오기 예사다. 그래서 예부터 '얼음새꽃'이라고 불렀다.

윤선도가 함경도 유배 중에 눈 속에 핀 복수초를 보고 남긴 기록 중에 소빙화(消氷花)라는 이름이 나오는데, 이는 '얼음을 녹이는 꽃'이라는 뜻이다. 실제로 복수초는 얼음과 눈을 뚫고 꽃을 피운다. 그런 의미에서 '복수초'보다는 오래전부터 민간에서 불렸던 '얼음새꽃'이 그 생태를 표현하는 데 적확할 뿐더러 자신의 삶을 우리들에게 온전히 드러내 주는 정겨운 이름이 아닐까 생각한다.

복수초의 한자어는 福壽草로 '복과 장수를 축원하는' 뜻을 품은 꽃이다. '원수를 갚는' 복수(復讐)가 아니라 복과 장수를 빌어 주는 이름이다. 시인 김춘수의 생각처럼 내가 그 이름을 불러 주고, 그가 내게 와서 꽃이 되었듯, 서로의 존재를 이해하고 서로의 복과 장수를 빌어 주는 꽃의 의미를 새기며 이런 게 진정한 '이해'와 '사랑'이 아닐까 혼자 생각한다.

불과 한두 해 만에 우리 사회 곳곳에서 목도되는 무뢰한 자들의 무도한 행태를 보며 불현듯 복수(復讐)를 떠올리게 되지만, 나는 얼음을 뚫고 나오는 복수초의 강인함에서 절제와 인내를 배워 가며 우리 사회의 진정한 복수(福壽)를 꿈꾼다.

ⓒ 박순찬

닻꽃

세상이 그대를 속일지라도

닺꽃은 내게 타심통(他心通)이라는 말을 알게 해 준 풀꽃이다. 닺꽃과 타심통. 언뜻 연상이 안 되는 연결이리라. 타심통은 '다른 사람의 생각을 아는 능력'이며 불교에서 말하는 여섯 가지 신통력 중 하나라고 한다.

얼마 전까지도 나는 그러한 능력은 고사하고 타심통이라는 단어조차 모르고 있었다. 그런데 닺꽃 덕분에 그 말을 알게 되었고, 이제 닺꽃 하면 타심통이 먼저 떠오른다.

2017년경 이외수가 쓴『보복대행전문주식회사』를 읽었다. 주인공이 온 세상 식물들과 교감하여 소통하고, 식물의 힘을 빌려 부정부패가 만연한 세상을 깨끗하게 만든다는 내용의 소설이다. 나는 소설을 통해 화악산에 닺꽃이 있다는 사실도 처음 알았다. 언젠가는 꼭 한번 그 산에 가 보리라 마음먹었지만 사정이 허락지 않아 끝내 못 가 보는 건가 싶었다.

그렇게 다섯 해를 흘려 보내던 2022년 8월, 나는 눈 수술을 받은 후 쉬어야 한다는 권유에 따라 집에서 회복을 기다리고 있었다. 그런데 수술한 눈이 좀처럼 개이지 않았다. 이러면 안 되는데…. 시야를 가리는 뿌연 안개처럼 답답하고 무료한 시간이 지루하게 이어졌다. 그러다 문뜩 닻꽃이 떠올랐던 것이다.

나는 다리는 괜찮으니 나가서 바람이라도 쐬야겠다 설득하여 급기야 아내의 손을 잡고 닻꽃을 찾아 나섰다. 비가 추적추적 내리는 8월 하순, 우비를 걸치고 화천에 있는 화악산으로 향했다. 비를 맞으며 시멘트 포장된 군사용 도로를 하염없이 올랐다. 그렇게 님을 찾는 심정으로 탐색하며 정상에 거의 다다랐을 무렵, 드디어 그리던 닻꽃을 보았다.

"심봤다!"

내 목소리가 산골짜기에 퍼져 나갔다. 뿌옇던 시야가 불현듯 훤해지더니 눈이 맑아지는 느낌이었다. 심 봉사가 눈 뜰 때의 기분이 이런 것이었을까. 그때까지 근처에서 발견한 금강초롱에 푹 빠져 사진 찍는 데 정신이 팔려 있던 아내는 닻꽃을 발견했다는 나의 외침에 득달같이 달려왔다. 어디, 닻꽃 얼굴 좀 보자!

『보복대행전문주식회사』에서 작가는 주인공이 닻꽃을 만난 상황을 다음과 같이 묘사했다.

> 가늘고 애절한 목소리가 들렸다. 소리 나는 쪽으로 고개를 돌리니 닻꽃 한 송이가 보였다. 감탄사를 절로 발하게 만드는 자태를 간직하고 있었다. 마치 닻을 축소해서 만든 브로치 같았다. 얼마나 많은 기다림과 얼마나 간절한 소망이 그 한 송이 꽃 속에 농축되어 있는가를 누가 보아도 느낄 수 있

는 자태였다.

그리고 다음 문장이 이어진다.

> 닻꽃과 입을 맞추는 순간 사랑의 절정이 이루어지는 타심통이 이루어진다. 닻꽃에 입을 맞추는 순간 모든 한계와 제약이 사랑의 힘으로 해제되었다.(2권 274, 275쪽)

소설 속 닻꽃 이야기는 내가 산에서 얻고자 했던 일종의 화두였다. 큰 수술을 하고도 시력이 속히 회복되지 않아, 골치 아픈 속세 대신 야생화와 소통하려고 빗속에 산을 오른 보람이 있었다.

내 앞으로의 삶이 순탄할 수만은 없어 고통과 환난이 언제 어떻게 닥칠지 모를 일이다. 성경 말씀을 조용히 되뇌어 본다.

> 환난 중에도 즐거워하나니 이는 환난은 인내를, 인내는 연단을, 연단은 소망을 이루는 줄을 앎이라.(로마서 5:3~5)

닻꽃을 통해 많은 것을 배우며 생각하게 된다.

닻꽃을 본 그날 하루는 정말 행복한 시간이었다. 흐려진 시력 탓에 마치 눈에 담아 낼 듯 가까이 얼굴을 들이대고 살펴야 했지만, '더 가까이, 좀 더 가까이'를 중얼거리며 접사하듯 자세히 살피는 시간이 나는 즐겁다. 나는 닻꽃이 주는 위안과 사랑에 의지하여 '환난 중에도 즐거워한다'는 성경 말씀이 무얼 의미하는지 어렴풋이 감을 잡을 수 있었다.

풀꽃 1[*]

자세히 보아야 예쁘다
오래 보아야 사랑스럽다
너도 그렇다

* 나태주 시집『꽃을 보듯 너를 본다』, 지혜, 2020년, 지혜출판사의 승인을 얻어 인용하였음.

금강초롱꽃

'하나부사'가 웬말이냐

식물은 각 나라마다 다른 이름으로 불리기 때문에 국제식물명명규약에 따라 통일된 이름을 부여한다. 그것이 학명이다. 일반적으로 식물원 내 식물 표지판에서 한글 이름 밑에 알파벳으로 적어 놓은 것이 그것이다.

식물의 학명은 한 번 등재하면 바꾸는 게 거의 불가능하다. 분류상 오류로 판정되지 않은 한 정치적, 경제적, 윤리적 이유의 타당성을 따지지 않기 때문이다. 그런데, 어떤 식물이 우리나라 고유종임에도 일본인 이름을 붙여 국제적으로 불린다면 우리 심정은 어떨까?

15년 전, 처음 야생화에 관심을 갖게 된 것은 우리나라 고유종 꽃을 일본인 이름으로 불러야 한다는 사실을 알고부터다. 그후 울릉도 고유종인 섬단풍나무의 학명을 '다케시마'로 붙여 놓았다는 사실을 알고 나는 더더욱 분노했다.

금강초롱.

이 우리 고유 야생화의 학명(*Hanabusaya asiatica*)을 처음 확인하는 순간 나는 적잖이 충격을 받았다. '하나부사'라니!

금강초롱은 꽃에 얽힌 애닯은 오누이의 전설과 최대 자생지 금강산, 그리고 초롱을 닮은 꽃의 자태에서 유래된 아름답고 애잔한 고유 이름이다. 우리나라 높은 산에서 자생하는 꽃으로 잎이 줄기 중간에서 어긋나고 윗부분 마디가 뭉친 것처럼 보인다. 무엇보다 보라색 꽃은 옛날 잔칫집에 걸어 놓은 청사초롱처럼 생겨 그 꽃을 보면 마치 청사초롱 앞세우고 시집 장가 드는 경사를 마주하듯 들뜬 마음을 갖게 만든다.

'하나부사야 아시아티카 나까이(Hanabusaya asiatica Nakai)'. 처음에는 무슨 뜻인지 몰랐다. 학명은 으레 어려운 라틴어이므로. 그럼에도

금강초롱꽃

이미 금강초롱이 우리나라 고유종이라는 사실은 알고 있던 터라 어떤 다른 의미가 있는 라틴어 단어가 아닐까 생각하며 자세히 다시 찾아보았다.

그런데…, 세상에 이럴 수가!

국제식물명명규약에 따르면 학명은 '속명(屬名), 종소명(種小名), 명명자(命名者)' 순으로 등재하되 라틴어로 표기한다. 규약에 따라 금강초롱의 학명을 풀어 보면 '아시아(asiatica)의 하나부사(Hanabusaya)로 '나까이(Nakai)가 발견하여 이름 붙인 식물'이 된다. 그렇다면 하나부사는 대체 무엇이며, 사람 이름이라면 누구일까?

하나부사 요시모토(花房義質, 1842~1917). 일본의 외교관으로 나까이 다케노신(中井猛之進, 1882~1951)이라는 식물학자가 조선 땅에서 식물 표본을 채집하여 연구할 수 있게 후원한 인물이다. 아무리 그렇다 하더라도 우리 땅에만 자라는 우리 고유의 아름다운 꽃에 '하나부사'라는 인물을 기린다고 학명에 떡하니 못 박아 놓을 줄이야….

우리가 아무리 '금강초롱(Kumkangchorong)'이라 주장한들, 우리 땅에서만 자라는 1속 1종의 희귀 자생종이라 내세운들, 국제적으로는

'하나부사'라는 이름으로 통용된다. 어이 없고 황당할 따름이다.

화악산에서 만난 금강초롱에게 내가 '하나부사'야 하고 불러 말을 걸면 금강초롱은 과연 나에게 뭐라고 답할까.

'나 한국 고유 자생종이야. 어서 이름을 바꿔 줘 잉! 우리말로 이쁜 이름 있잖아! 음… 초롱처럼 생겼으니 초롱이로….'

나의 초롱이가 애원하는 눈빛으로 대답할 것 같다.

큰구슬붕이

꽃개가 찾아낸 참다운 미소

아내는 꽃집에서 파는 화려한 꽃을 별로 좋아하지 않는다. 장미니 백합이니 튤립이니 하는 향기롭고 큼직한 꽃을 생일이나 결혼기념일에 선물하면 신혼 시절에는 몹시 반색하더니 어느 순간부터 시큰둥해졌다. 무엇하러 그런 꽃을 사 왔냐고 귀여운 타박을 놓기도 했다. 아내는 물매화나 솔체꽃처럼 우리나라 산에서 피는 야생화를 좋아한다. 심지어 쪼그려 앉아 눈에 잘 띄지도 않는 작은 풀꽃들을 바라볼 때면 만면에 화색이 돈다. 원예종보다는 야생화가 아내의 얼굴에 뒤센 미소*를 피어나게 한다. 요새는 야생화도 재배해 판매한다. 아내는 그런 재배종이 아니라 산과 들에서 제 힘으로 피어나 보란 듯 환하게 제 얼굴 내미는 꽃을 볼 때 비로소 사랑스러운 뒤센 미소를 조용히 머금는다. 그건 나 또한 마찬가지지만.

아내와 내가 자주 찾는 곳은 남한산성이다. 집에서 30분이면 갈 수 있고 높이 또한 적당해 한나절 기분 전환에 제격이다. 봄엔 봄꽃, 겨울엔 눈꽃까지 어느 계절에 가도 반가운 꽃이 있는 살가운 곳이다. 4월의 휴일 오전 각시붓꽃을 보러 남한산성에 갔다. 늘 가던 코스를 따라 걷는데 연록색 잎들이 싱그럽고 햇살이 따스해 마음까지 녹아내린다. 색이 선명한 노랑각시붓꽃이 여기저기서 피어나 봄을 알린다.

---

* Duchenne's smile. 미국의 정서 심리학자 폴 에크만(Paul Ekman)이 사람의 여러 얼굴 근육과 미소의 상관 관계를 연구한 결과, 총 19종류의 미소 중 진짜 즐거워 웃는 웃음은 딱 한 가지고 나머지 18 종류의 웃음은 가짜 웃음이라고 결론 지었다. 그 한 종류 진짜 미소에서 나타나는 안면 근육 움직임을 처음 밝혀 낸 프랑스 신경 심리학자 기욤 뒤센(Guillaume Duchenne)을 기리는 의미에서 '뒤센 미소'라 이름 붙였다. 반면 가짜 미소의 대명사로는 과거 미국 팬암 항공사 승무원들의 미소를 빗댄 '팬암 미소'가 있다.

노랑각시붓꽃

"'구슬붕이'를 찾자!"

아내의 제안으로 남한산성 성곽 밖 아래쪽 길을 따라 걸었다. 성곽 아래 산길은 산성보다 훨씬 좁고 험해 걷기에 힘들다. 등산을 좋아하는 사람들이나 야생화를 보러 온 사람들이 찾는 길이다.

산성의 외곽을 돌아 장경사 밑으로 산길을 헤쳐 올랐다. 아내는 다른 꽃을 보느라 한참을 뒤처져 따라오고 있었다. 양지바른 곳에 오르니 봄볕을 쬐러 나온 어린 회색 뱀이 화들짝 놀란다. 갑자기 나타난 뱀에 나도 놀라고 내 놀라는 소리에 뱀도 놀란 듯 후다닥 달아난다. 놀란 마음을 진정하고 뱀이 사라진 자리를 설핏 살피는데 보일 듯 말 듯 작은 꽃이 조용한 산길에 뜬금없는 뱀과 나의 놀란 조우를 흥미롭게 바라보듯 빠꼼히 얼굴을 내밀고 있었다.

큰구슬붕이꽃

순간 나는 방금 전 상황은 까맣게 잊고 흥분한 목소리로 아내를 소리쳐 불렀다.

"이거 구슬붕이 아닌가?"

내가 말하니 아내가 매우 기뻐하며 신기한 얼굴로 나를 바라보며 말했다.

"당신, 확실히 꽃개가 맞아!"

오랜만에 아내의 그 뒤센 미소를 보았다.

빠끔히 얼굴을 내민 큰구슬붕이꽃

강아지풀

심쿵이가 그립다

강아지풀.

강아지풀은 산야는 물론 도시 지역 어디고 가리지 않고 아무데서나 잘 자라는 한해살이풀이다. 이삭이 강아지 꼬리를 닮아 그렇게 부른단다. 강아지뿐만 아니라 고양이도 강아지풀을 보면 물고 장난하기를 좋아한다. 사람들도 그 하늘하늘 여유로워 보이는 수수함과 정겨운 모습에 끌린다. 더러는 강아지풀을 뽑아 무릎을 베고 누운 연인이나 아이의 코끝을 간지럽히며 장난치는 영화의 장면도 생각난다.

내겐 강아지풀 하면 바로 떠오르는 강아지가 있다.

'심쿵이.'

심쿵이는 멋진 내 친구 이름이다. 골든리트리버 종인데 먼 조상은 영국쯤이지만, 엄연히 우리 땅에서 태어나고 자란 한국산이다. 당연히 우리말을 알아듣고 영어는 전혀 모른다.

법무연수원 부근에 통동저수지가 있다. 그곳에 낚시터를 만들어 놓고 영업하는 주인장이 키우는 개가 바로 심쿵이다. 낚시 손님이 오면 녀석이 벌떡 일어나 마치 주인처럼 반갑게 맞아 주고, 적당한 낚시 자리까지 안내해 주는 똑똑한 친구다. 나는 이 친구를 만나러 일부러 저수지 수면 가까이로 내려가 그 위치에 자리한 또바기식당에서 점심을 먹곤 한다.

그곳은 낚시터 주인의 며느리가 운영하는 식당으로 반드시 사전 예약한 손님에게만 식사를 제공한다. 나는 심쿵이와 반가운 정을 나누고 저수지 둑 위로 올라가 커피를 마시며 저수지를 내려다본다.

이 저수지는 짙고 파아란 물 색깔이 일품인데 저수지를 둘러싼 높은 산도 온통 푸르다. 소나무 옷을 잔뜩 두른 탓이다. 저수지를 다 돌아보려면 몇 시간은 걸어야 한다. 통동저수지 선착장에서 내려다본 저수지는 평온하다. 거울처럼 비춰진 하얀 뭉게구름이 물속에도 있고 올려다보면 똑같은 모양이 하늘에도 있다. 그만큼 통동저수지는 물과 산, 구름이 잘 어울리는 곳이다.

인자요산(仁者樂山), 지자요수(知者樂水)라 했던가. 그런데 물과 산을 다 좋아하는 나는 어떤 사람일까. 뜬금없는 의문이 물비늘을 가로지른다.

내 비록 인자나 지자까지는 못 될 테지만 나이를 먹어 가며 조금씩은 인자해지고 지혜로워지는 듯도 느껴진다. 멋진 풍경을 지닌 저수지를 접하며 마음의 여유를 가지려 애쓰다 보니 그렇기도 하겠지만, 무엇보다 내 친구 심쿵이가 주는 위로가 적지 않다. 때로는 연인을 만나러 가듯 설레임까지 인다.

지난해 봄 저수지를 찾았을 때 심쿵이 나이는 6개월이었다. 나를 알아보고 옆으로 바투 다가와 머리를 비비고 몸통으로 인사한다. 그러면 나는 손가락을 모아 등을 쓰다듬어 준다. 그러고 나면 이제 녀석이 드러누워 자신의 배를 보여 줄 차례이다. 내게 배를 내미는 이유를 나는 곧 눈치 챘다. 이미 경계를 풀었음을 알리는 행동이었다. 나는 배를 쓰다듬으며 "이쁘다, 이쁘다" 말해 줬다. 심쿵이는 그걸 알아듣는 듯했다.

나는 틈나는 대로 통동저수지에 간다. 그곳의 산과 잔잔한 물을 함께

보노라면 방금까지도 세속의 분심으로 끓어오르던 마음이 수면 아래로 가라앉는다. 그때마다 심쿵이는 다른 모습으로 다가와 내 곁을 지킨다. 웃는 듯도, 우는 듯도 한 표정으로. 녀석에겐 다양한 얼굴이 있고 가끔은 삐진 듯한 표정도 보여 준다. 참으로 감정이 풍부한 친구다. 그때까지 의미없이 불러대던 이름을 새삼스레 나직이 불러본다.

"심쿵아!"

부르면서 나는 그 이름이 녀석에게 딱 어울린다는 생각을 다시금 했다. 내가 이 녀석을 처음 만나 녀석의 행동과 눈빛을 살피며 주인에게 이름을 물었을 때도 그런 느낌이었다. 그런데 심쿵이가 토라졌다는 걸 내가 어떻게 아느냐고?

언젠가는 내가 그 집에 갔는데 녀석은 자기 집 앞에 드러누워 쳐다볼

그리운 강아지 심쿵이

생각도, 일체의 관심도 줄 생각도 없는 듯 보였다. 나는 녀석에게 다가가 물었다.

"얘, 너 삐졌니? 무슨 일 있어?"

"……."

"아 글쎄, 얘도 이제 때가 되어 시집을 가고 싶어하는 모양인데, 옆 동네로 못 나가게 했더니 이러고 있네요."

주인이 대신 심쿵이 심정을 대변했다. 이럴 때 심쿵이의 행동은 여느 사람의 행동과 다를 바 없다. 감정 또한 풍부하다.

심쿵이도 강아지풀을 가지고 노는 걸 좋아한다. 입으로 물고 뜯으며 노는 것은 좋아하지만 먹지는 않는다. 그래서 강아지풀인가보다. 심쿵이와 강아지풀, 보면 볼수록 닮았다는 생각이 든다. 강아지풀을 가지고 노는 철없는 어린 소녀 같기도 하다. 그러니 이 친구를 볼 때마다 내 마음이 심쿵하지 않을 수 없다. 즐거운 심쿵이다.

어느 날 통동저수지에 갔는데 심쿵이가 보이지 않았다.

"글쎄, 복날이 다가오는가 했더니 어떤 놈들이 잡아가 버렸나 봐."

주인이 먼 산을 바라보며 긴 숨을 내쉬었다. 누군가를 원망하듯 뽑아낸 탄식에 힘이 없었다.

아, 이번엔 다른 감정으로 내 마음이 심쿵했다. 가슴이 철렁 내려앉는 절망적 마음이었다. 이런 감정이 요동칠 때면 인생 희노애락은 늘 '심쿵'의 연장선인 듯하다. 심쿵이 엄마가 되어 주었던 여주인은 언젠가는 녀석이 돌아와 심쿵하게 해 줄 거라 믿는 눈치이다. 아니, 그렇게 믿고 싶은 것이리라.

내년에 강아지풀이 다시 돋아날 때면 심쿵이는 돌아올까? 이제 해마다 강아지풀을 보면 녀석이 생각날 것이다. 강아지풀을 보는 순간은 기쁘겠지만 심쿵이가 생각나면 아련한 슬픔이 밀려들 것이다. 그리하여 내 가슴 속 쓰디쓴 추억은 한 꺼풀 더 두꺼워진다.

심쿵이 눈가에 번지던 미소를 추억의 앨범에서 펼치려는 순간이면 나는 갑자기 진저리가 쳐진다. 그 아이에게 몹쓸 짓을 한 인간의 음흉한 얼굴이 심쿵이 모습에 오버랩되는 까닭이다. 평지풍파를 온몸으로 견딘

코스모스와 어울려 가을 산야에 하늘거리는 강아지풀

마음에 굳은살 박일 만도 한데 여전히 나는 분심(憤心)을 가라앉히는 데 서툴다. 차라리 두 눈을 질끈 감아 버린다.

멕시코소철

말없이 곁을 지켜 준 내 동생 소철이를 소개합니다

나는 2017년 7월부터 2019년 7월까지 대검찰청에서 형사부장과 반부패부장으로 꼬박 2년을 보냈다.

아침 일찍 출근해 전국 검찰청의 상황을 챙겨 총장에게 보고하고 저녁까지 관련자들을 만나다 보면 대검찰청의 하루가 바쁘게 지나간다. 수시로 총장이 참석하는 행사에 배석하기도 한다.

대검찰청 7층 부장실이나 8층에 있는 총장실은 너무 삭막하다. 지금도 있는지 모르겠지만, 과거에 총장실 옆에는 운주당(運籌堂)이라는 회의실이 있었다. 이순신 장군이 전투에 나서기 전에 산통(算筒)을 흔들어 운세를 점쳤다 하여 '운주당'이라 이름 붙였단다. 이 사무실 이름이 좀 특이한 탓에 그나마 덜 삭막했던 기억이 있다. 나도 운주당이 점집 같은 느낌이 들어 썩 달갑지는 않았는데 때마침 총장의 제안으로 이름이 본래의 목적인 '회의실'로 돌아왔다.

내 사무실도 삭막하긴 매한가지였다. 그냥 있을 수 없어 공기 정화 식물로 떡갈고무나무를 사들였다. 그런데 화원에서 홍보용이라며 작은 화분 하나를 덤으로 얹어 주었다. 제값도 부르지 못한 채 소철이는 그렇게 내게로 와 동생이 되었다.

멕시코소철은 큰 주발 같은 갈색 화분에 심어진 채 줄기 주위로 돌과 모래가 깔려 있었다. 우리가 아는 소철은 빗살 같은 잎이 촘촘하지만 멕시코소철은 잎 모양이 타원형으로 부드럽다.

손바닥만 한 뿌리줄기 위에 곧바로 세 갈래 뿌리가 약 5cm 정도 길이로 나왔고, 그 각각의 뿌리에서도 줄기가 두어 개씩 갈라져 나와 옆으로 뻗었다. 줄기마다 검지만 한 크기의 길쭉한 타원형 잎이 일곱 쌍씩 붙어 있었다. 전체적으로 보아 높이가 약 15~20cm 정도였는데 첫인상은 이렇게 그저 흔히 볼 수 있는 작고 귀여운 소철이었다.

나는 이 소철을 동생이라 생각하고 햇볕 잘 들고 통풍이 잘되는 창문 옆 책상 위에 두고 아침에 출근하면 "철아! 잘 지냈니? 사랑해"라고 말해 준다. 그리고 두 팔로 안아 잎사귀에 입도 맞춘다. 그렇게 한 주에 닷새는 대화를 하고 퇴근할 때면 "내일 또 보자"는 인사도 잊지 않는다.

멕시코소철과 서울중앙지검 창밖 풍경

그렇게 1년쯤 지날 무렵, 세 갈래 중 첫 번째 뿌리에서 고사리처럼 오므린 잎을 달고 줄기 하나가 빠져나왔다. 수직으로 60cm를 올라오더니 여덟 개의 이파리를 활짝 폈다. 그러고는 다시 줄기 두 개가 더 나왔다. 그런데 옆으로 뻗는 다른 소철들과는 달리 위로만 뻗었다. 2017년부터 2019년까지 대검에서 근무하는 동안 모두 4개의 줄기가 올라왔다. 다시 2019년 8월에 법무부 검찰국장실로 자리를 옮길 적에도 나는 소철이와 함께였다. 법무부 생활을 하다가 2020년 1월 서울중앙지검장으로 발령이 났는데, 역시 책상 옆 창가는 말 없는 동생의 자리였다. 그해 봄에 다른 줄기에서 2개의 줄기가 80cm 정도 올라오더니 잎이 10개가 달렸다. 2021년 6월 서울고검장으로 갔을 때에도 함께였다. 서울고검에서는 한동안 조용히 지내더니 2022년 봄 다시 두 개의 줄기가 이파리를 열두 개나 달고서 석 자나 솟아올랐다.

2022년 5월, 나는 급기야 진천 법무연수원 연구위원으로 가게 되었다. 잠시 집에 와 있던 소철에게 물었다. 진천에도 함께 갈 거냐고. 소철이 말없이 고개를 끄덕이는 듯했다. 태어나 서울에서만 살았던 아이를 커다란 박스에 넣고 보충재로 공간을 메워 흔들리지 않도록 고정했다. 내가 운전하는 승용차 뒷좌석에서 스트레스를 받지 않도록 해 주려는 조치였다.

소철이를 태우고 진천 법무연수원까지 데려온 보람이 있었다. 그해가 다 가기도 전에 120cm나 되는 줄기 두 개가 올라오더니 이어서 키 큰 줄기가 14개의 잎을 달고 나왔다. 그렇게 위로 올라온 소철이의 줄기는 이제 모두 열 개나 된다. 물론 옆으로 기운 첫 번째 가지도 싱싱하다. 처음처럼….

멕시코소철과 법무연수원 창밖 풍경

작은 뿌리에서 줄기(사실은 가지)를 너무 많이 낸 것은 아닌지 걱정되는 마음에 근처 꽃집에 데려가 전문가의 진단을 받아 보았다. 그는 소철이가 아직 건강하다면서 지지대를 세워 줄기를 받쳐 주었다.

소철이는 지금도 내 책상 옆 창가에서 탈 없이 잘 지내고 있다. 사무실에 들어오면 나는 소철이에게 말을 걸고, 함께 누군가를 칭찬도 해 주고, 정말로 몸이 힘들 땐 힘들다고 말한다.

내 동생 소철이와 세상 누구보다 많은 이야기를 나누고, 정을 주고 받으며 6년째 그럭저럭 함께 지내고 있다. 혹여 이런 사정을 모르는 남이 보면 화초를 향해 중얼거리는 나더러 병원에 가 보라고 권할지도 모르겠다.

내 동생 소철이는 해마다 키가 조금씩 커지고 줄기와 이파리 수를 늘려 가며 못난 형에게 격려와 응원을 아끼지 않는다. 6년 전 말없이 다가와 동생이 되어 준 소철이가 곁을 지켜 주니 외로움도 남의 일이 된다.

이제 소철이는 세상에서 일컫는 반려식물을 넘어 나와 '함께하는 삶'의 중심에 우뚝 섰다.

닭의장풀

그리운 나의 어머이

내 고향에서는 '어머니'를 '어머이' 하고 부른다. 나도 지금껏 그렇게 부르고 있다.

가끔 거리를 걷다 보면 길 한편에 좌판을 깔고 상추나 깻잎 등 야채 파는 할머니들을 본다. 그때마다 나는 편한 마음으로 그 앞을 지나칠 수 없다. 어르신들의 모습 위로 내 어머이가 겹치기 때문이다. 어머이의 눈은 항상 불안하고 슬퍼 보였다. 궁하디 궁한 살림에 자식들 입에 뭐라도 넣어 주려면 허리라도 한번 제대로 펴 보셨을까.

수줍음이 많아 말도 크게 못 하던 어머이가 눈을 반짝이면서 입가에 환한 미소를 머금은 날이 있었다. 그날따라 달뜬 얼굴에 목소리 톤이 높았다. 동네 어귀에 '축 합격'이라 쓴 현수막이 걸려 있었다. 나는 내 이름 위로 석 자씩 정확히 박혀 있는 부모님의 함자가 새삼스러웠고, 어머이는 자신의 성명 아래 더 크게 붙은 아들의 이름이 그렇게도 자랑스러웠나 보다. 군 소재지에서 한 해에 겨우 한두 명 들어갈까 말까 하던 전주고등학교 입학 시험에 내가 합격했을 때였다. 누구 엄마 혹은 친정 동네 지명에 댁 자를 붙여 불리던 어머이가 마을 입구에 걸린 당신의 본명을 본 느낌은 어땠을까. 당시엔 겸연쩍어 물어보지 못했지만 나는 지금도 그때 어머이의 마음이 궁금하다.

저녁 밥상을 물리고 어머이가 앉은걸음으로 내게 다가왔다.

"내가 말여, 부정 탈깨미 여즉 이 야그를 참았는디. 나는 니가 합격할 거라고 폴새부터 알고 있었어야."

"뭔 말씀이당가요?"

내가 물었다.

"내가 절구재 산길을 걸어가는디 저짝 덤불 위로 허연 놈이 올라오더만 쪼까 있응게 누런 놈이 푹 솟더라고."

그렇게 시작된 이야기가 제법 길었다. 산속에서 마주친 호랑이들 중에 희고 잘생긴 놈을 동무 삼아 널뛰기를 하다 깼다는 얘기였다.

“날더러 널빤지에 올라가라 하고선 그 큰 앞발로 쿵, 허고 누르니께 내가 하늘로 붕 떠오르는디, 가심이 뻥 뚫리더라.”

내가 관심을 보이자 어머이가 비장한 결론을 내렸다.

“그랑게 느그 성이 너한티 터를 팔았을 때 꾼 꿈이여.”

말하자면 어머이는 나의 태몽을 공개한 거였다.

닭의장풀꽃

닭의장풀.

시골의 닭장 근처에서 많이 자란다 하여 붙여진 이름이지만 전국 어디를 가나 울타리 부근 약간 습한 곳에는 어김없이 피어 있다. 단독으로 피는 경우는 드물고 대개는 무리지어 피는 탓에 귀한 대접을 받지 못하는 꽃이다. 그렇지만 자세히 보면 닭의 벼슬을 닮은 듯도, 청초하고 슬픈 듯도 보인다. 이 닭의장풀이 자라는 그늘진 담장 밑은 지렁이 같은 닭의 먹이가 될 만한 것이 많아 어미 닭이 병아리들을 데리고 먹이를 잡아 주고 더위도 식혀 주는 곳이다.

하늘 높이 솔개가 뜨면 어미 닭의 신호로 병아리들은 어미 품으로 들어가 숨고, 어미 닭 자신은 위험을 무릅쓰고 품안의 새끼들을 지킨다. 어린 시절 내 기억 속 닭장 옆에는 언제나 닭의장풀이 있었다. 닭의장풀은 그 이름처럼 사랑 가득한 어미 닭을 연상시키는 꽃이다. 사파이어 같은 꽃 색깔도 볼수록 오묘한 느낌으로 다가온다.

닭의장풀은 도시의 후미진 골목 안 어느 울타리, 농촌의 신작로, 숲길의 가장자리 등에 많이 피어난다. 너무 흔하다 보니 사람들이 귀한 줄 모르고 밟고 흔들고 꺾는다. 이 풀꽃은 마디를 잘라 물에 담가 놓기만 해도 뿌리를 내린다. 그 질긴 생명력과 작고 앙증맞은 자태에 꽂혀 고래로 시인들이 자주 칭송한 꽃이기도 하다.

나는 닭의장풀을 보면 어머니가 생각나 꺾을 수도, 밟을 수도 없다. 무한한 향수와 함께 아련한 그리움을 주는 풀꽃이다. 흔하게 자주 보는 풀이지만, 볼 때마다 현수막이 생각나기도 하고, 태몽이 떠오르기도 하고. 그리고 이제는 하늘의 별이 되신 어머니….

아무튼 닭의장풀을 볼 때면 늘 짠한 마음에 빠져든다. 이 풀꽃과 마주

칠 때면 나는 늘 길가에서 채소 파는 할머니를 만날 때와 비슷한 감정에 빠져든다. 요즘에도 나는 습관처럼 걸음을 멈추고 좌판 위에 남은 거 전부 얼마냐고 묻는다.

감나무

어머니의 새벽 그리고 사랑

어릴 적 우리 집 뒤곁에 커다란 감나무가 있었다. 수피가 거북이 등처럼 갈라진 고목이었다. 하지만 해마다 열매가 주렁주렁 열렸다. 봄에는 떫지만 달달한 감꽃을 따 먹기도 하고 조그맣게 맺힌 열매를 가지고 놀기도 했다. 나 혼자 집에 있어 심심할 때면 그 감나무에 자주 올라가곤 했는데, 나무는 기꺼이 놀이터가 되어 제 몸을 내주었다. 충분히 거름을 주지 않는다고 해거리로 투정도 하지만 매년 말없이 감을 내어 주는 고마운 나무였다.

우리 집 감나무에 달리는 감은 끝이 뾰족한 모양으로 주먹만 한 크기였는데 품종은 알 수 없었다. 요즘 시쳇말로 '시고르자브종'이 아닐까 싶지만 품종이 무슨 상관이랴.

가을이 되어 빨갛게 익으면 우리 식구는 끝을 V자 모양으로 벌린 장대로 높은 가지에 매달린 감을 땄다. 어머니는 나무 끝에 달려 있는 감을 몇 개쯤 남겨 두라 하셨다. 새들의 겨울 양식인 까치밥이었다.

두 접 정도나 되는 감은 떫어서 바로 먹을 수는 없었다. 어머니는 항아리에 볏짚을 깔고 차곡차곡 쟁여 두었다. 그 속에서 말랑말랑해지면 맛있는 간식거리가 되는 것이다.

내가 살던 마을에서 중학교까지는 걸어서 가는 수밖에 없었다. 새벽에 출발해야 제 시간에 등교할 수 있었다. 그래서 새벽잠에서 깨어 앉아 공부나 숙제를 하려고 하면 어머니는 늘 나보다 먼저 일어나 있었다. 그러다 가만히 내 옆으로 다가와 항아리에서 꺼내 온 홍시 하나를 쑥 내밀곤 했다. 나중에 알게 된 사실이지만 홍시는 다른 자식에게는 주지 않고 나에게만 주셨단다. 어머니가 내주던 홍시 한 알의 추억이 내 가슴에 깊이 새겨져 있다. 하여 나훈아의 '홍시'는 딱 내 노래가 아닐 수 없다.

오래 전부터 아내는 항아리에 감을 넣어 두고 홍시를 만든다. 그리고 자신은 먹지 않으면서도 나에게는 꺼내 준다. 그녀가 내게서 홍시의 추억을 하도 들었던 탓인지도 모른다.

아내와 자식들이 홍시를 즐기지 않으니 항아리 속 홍시는 거의 내 차지가 된다. 그럴 때마다 딸은 나에게 겁을 주곤 한다.

"나중에 똥 안 나와요. 많이 먹지 마세요."

도시에서 태어나 자란 자식들이 '홍시 중독자'의 마음을 알 리가 있나.

까치와 까치밥

팽나무

지울 수 없는 팽목항의 기억

2014년 1월, 나는 광주지검 목포지청장으로 발령을 받았다. 당시 '염전 노예 사건'이 언론에 대서특필되면서 부임하자마자 경찰, 노동부 등과 더불어 긴급하게 수사를 개시해야 했다.

수사 개시 후 두 달쯤 지나 목포지청에 평화가 찾아오는 듯 했지만 그것도 잠시 4월 16일 아침, 전 국민을 슬픔과 분노의 소용돌이로 몰아 넣은 '세월호 사고'가 거대한 파고로 나를 덮쳤다.

상황을 알리는 다급한 연락에 사고 장소를 확인하니 해남지청 관할이었다. 본청뿐 아니라 지청에도 엄연한 관할 구역이 존재하므로 애초에는 해남지청에서 맡아 대응했다. 그런데 사고 관할 해경이 목포 해경이라 상대적으로 규모가 큰 목포지청에서 수사하기로 결정되었다. 지청장인 나는 해경과 더불어 수사본부장을 맡게 되었다.

수학여행 길에 나섰던 안산 단원고 학생들이 결국 탈출하지 못하고 안타까이 희생되었다. 희생자들이 인양될 때마다 배와 탑승객들을 버리고 도망친 선원들에 대한 비난은 그 안타까움과 슬픔에 비례해 온 나라를 집어 삼켰다. 이들을 구속하라는 여론이 빗발쳤고 선원들에 대한 신병 처리가 수사본부의 첫 과제였다. 그럼에도 수사보다 더 우선하고 중요한 건 실종자 수색과 더불어 인양된 희생자들을 유족에게 인도하는 일이었다.

목포지청 검사와 수사관들은 매일 김밥을 싸들고 승합차를 이용해 사고 현장에서 대기했다. 신속하고 정확한 유족 인도를 위해서였다. 날마다 새벽에 퇴근하고 그 새벽에 다시 출근하는 상황이 반복되었다.

수사팀 모두가 부닥친 상황에 힘들어하면서도 내색을 못 했지만, 내 가장 가까이에서 일을 돕던 사무과장이 특히 힘들어했다. 고향이 목포인 그는 나와 같은 시간에 퇴근하고 더 이른 출근을 했다. 그러던 그가 그해

여름 갑자기 몸에 이상을 느껴 검사를 받은 결과 암이란다. 연말까지 가까스로 버티던 그가 서울로 전근한 끝에 결국 퇴직했다. 건강해진 몸으로 다시 만나자던 약속이 허무하게 그는 세상을 하직했다. 장례식장에서 만난 유족은 과로의 결과라며 한참을 울먹였다. 유족을 마주하는 나도 눈물을 참을 수 없었다.

그 세월호의 아픔을 간직한 항구가 팽목항이다. 나는 팽목항에 셀 수 없을 정도로 자주 갔다. 수사 책임을 담당했으므로 업무 때문에 간 것만은 아니었다. 나는 주로 밤에 혼자 그곳을 찾았다. 달빛 내려앉은 팽목항 바다는 스산하다 못해 비장하기까지 했다. 새벽에도 그 부두에 홀로 서 멍하니 바다를 바라보곤 했다. 한 사람이라도 더 살아 돌아오기를 마음속으로 기도했다. 그러다가 세월호의 아픔이 나의 살과 뼛속까지 배어들 때쯤 기운 없는 발길을 돌리곤 했다.

가신 임들을 안아 주지 못한 슬픔, 가슴을 짓누르는 현실의 무게, 내가 언제까지 버틸 수 있을까 하는 안타까움과 처절함, 새벽마다 근처 교회를 찾아 기도했다. 그렇게 목포지청의 시간이 지나갔다.

가슴 아픈 우연이지만 팽목항이라는 이름 때문일까. 그곳을 떠올릴 때면 어릴 적 많이 보던 팽나무가 겹친다. 어린 시절, 내가 다니던 초등학교 주변에는 아름드리 팽나무가 참 많았다. 팽나무 열매를 고무줄총에 넣어 쏘기도 했는데, 팽팽하게 당겨진 고무줄을 놓으면 팽나무 열매가 날아가면서 '팽-' 하고 공기를 가르는 소리가 들린다. 그 나무 위에 올라 멀리 신작로를 따라 걸어오는 사람이 선생님인지 반 친구인지 맞추기 놀이하며 막연한 기다림의 시간을 놀이로 때우기도 했다.

그곳에 갈 때마다 팽목항은 내게 기다림의 장소가 되었다. 어린 시절의 팽나무와 함께 팽목항은 이제 잊어 보려 애써도 도저히 잊을 수 없는 장소가 되었다.

세월호 수사가 다 끝나고 다시 홀로 팽목항을 찾았다. 목포를 떠나고도 한참이 지난 후였다. 세월은 흘러도 팽목항은 여전히 슬픈 바다였다. 그때의 기억은 지금도 선명하다. 아니 점점 더 가까이 다가온다. 지금도 그 바다의 악몽에 온 몸이 흠뻑 젖어 때때로 잠에서 깨곤 한다. 팽목항의 기억은 쉬 끝나지 않을 것 같다. 팽나무를 볼 때마다 그 가지 가지마다 주렁주렁 걸린 아픔에 짓눌린다.

마을 입구에 우뚝 선 팽나무는 커다란 그늘을 드리워 힘겨운 노동에 패인 사람들과 오랜 여정에 찌든 과객을 포근히 품는다. 외롭고 힘없는

이에게는 기꺼이 수호신이 되어 준다. 고무줄총 시위를 팽하며 떠난 팽나무 열매가 희망과 치유의 씨앗이 되어 돌아올 날을 나는 기다린다.

2

통(通)

은행나무 세밀화, 이상숙 그림

연꽃

처염상정의 기적

"녹수부용(綠水芙蓉) 연 캐는 채련녀(採蓮女)와 제롱망채엽의 뽕 따는 여인네들도 낭군 생각은 일반이라."

춘향가 〈옥중가(獄中歌)〉에 나오는 쑥대머리의 한 소절이다.

나는 창을 배우거나 공부한 적이 없지만 장모님 생신날 쑥대머리를 불러 드리겠다고 약속했다. 쑥대머리를 검색하여 공부하려니 꽤 많은 버전이 있어 내가 배울 수 있는 것을 고르는 데만도 며칠이 걸렸다. 그렇게 유튜브 채널을 찾아 틈나는 대로 연습했다. 아내와 등산을 가는 날이면 어김없이 쑥대머리를 부르며 올라갔다. 사람들이 지날 때면 아내는 내 어깨를 툭 치며 조용하라고 성화를 한다. 그렇게 노래를 익혔고 1년 후 그날, 나는 장모님 앞에서 기어이 완창을 하고야 말았다. 아마추어 실력으로 어설프게나마 끝까지 밀고 나갔으니 내 나름 그걸 완창이라 자부한다.

그래서인지 연꽃만 보면 옥에 갇힌 춘향이가 이몽룡을 그리워하는 대목이 제일 먼저 생각난다. 옥중가 쑥대머리에는 "막왕막래 막혔으니 앵무서를 내가 어이 보며, 전전반측 잠 못 이루니 호접몽을 꿀 수 있나"는 대목이 나온다.

연꽃(*Nelumbo nucifera*)은 수련과 여러해살이 수초이다. 연못이나 논에 심어 기르며 잎은 뿌리에서 나고 잎자루는 길고 둥근 방패 모양으로 백록색이다. 잎은 물 밖으로 완전히 나오고 잎맥은 사방으로 퍼지며 물에 젖지 않는다.

7~8월에 물 위로 솟은 꽃대 끝에 흰색 또는 분홍의 꽃이 핀다. 꽃잎과 황색의 수술은 다수이며 흰꽃을 백련, 분홍꽃을 홍련이라 부른다. 우리가 먹는 연근은 연의 뿌리이다.

법무연수원에는 '함박못'이 있다. 바로 내가 머무는 숙소인 양덕재 앞 작은 연못이다. 이 연못에는 자생인지 일부러 심었는지 모를 연잎이 무성하게 자란다. 봄에는 개구리 소리로 왁자하고 비 오는 저녁이면 연잎에 떨어지는 빗방울 소리로 잠을 쉬 이루지 못한다. 거기에 주변을 울리는 소쩍새 소리, 산비둘기 소리가 어우러지면 연못 주위가 온통 시끌벅적해진다.

춘향이 옥중에서 목 놓아 부르던 쑥대머리와 연뿌리 캐는 여인들의 마음에 생각이 이르면 전전반측(輾轉反側)하던 잠은 아예 멀리 달아나 버린다.

홍련과 연밥

노을 아래 연잎 푸른 함박못 전경

연꽃 마른 줄기가 그린 함박못 추상화

내 어렸을 때 별명이 왕눈이였다. 연잎을 보면 거울 속에서나 확인할 수 있는 내 눈보다 오히려 즐겨 보던 애니메이션 〈개구리 왕눈이〉가 생각난다. 피리를 잘 부는 소년 개구리 왕눈이는 연잎을 쓰고 다닌다. 가난하지만 의리 있는 왕눈이가 사는 무지개 연못에 아로미라는 소녀가 있다. 왕눈이와 아로미는 서로 사랑하지만 그녀의 아버지 투투는 왕눈이를 싫어한다. 투투는 가재를 시켜 왕눈이를 괴롭힌다. 잠 못 이루는 밤이면 별의별 기억이 다 떠오른다. 한때 내게도 결혼을 반대하던 장인이 계셨기 때문인 듯도 하다. 내가 백수건달이던 시절의 이야기이다.

연꽃은 더러운 진흙에서 고운 존재로 피어난다 하여 처염상정(處染常淨)의 상징으로 일컬어진다.

경남 함안 성산산성에서 발견된 700여 년 전 고려 시대의 휴면 종자에서 피어난 연꽃이 있는데, 그 꽃을 아라홍련이라 부른다. 700년 전 고려 시대의 씨앗을 발아시켜 대량으로 키워 연꽃 테마 파크까지 조성하였다니 실로 기적이 아닐 수 없다.

아라홍련은 안쪽은 흰색 또는 선홍이고 끝은 진한 홍색인데 나비처럼 날아갈 듯도 하고 춤추는 듯도 한 그 곡선이 좋다. 수백 년을 견디는 그 꿋꿋함과 순수함도 타의 추종을 불허한다.

진흙에서 나왔으되
더러운 것을 멀리하고
맑은 물에서 살되
요염하거거나 뽐내지 않는 그 품새
나는 그 꽃이 정말 멋지다.

꽃마리

우리들의 작은 이웃

꽃마리(*Trigonotis peduncularis*)는 들이나 밭에서 자라는 지치과 한두해살이풀이다. 10~30cm 높이로 자라는 줄기에서 가지가 많이 갈라지고 전체에 거친 털이 있다. 4~7월에 지름 2mm의 연한 하늘색 꽃이 태엽처럼 말렸다가 펼쳐지며 총상꽃차례로 핀다.

"꽃마리를 아시나요?"

이런 질문을 받으면 고개를 갸웃하다가도 사진을 보여 주면 '아하, 그거' 할 정도로 주변에 흔한 풀이 꽃마리다.

'꽃마리'라는 이름은 꽃차례가 말려 있는 꽃이라는 뜻이다.

대개의 식물은 줄기를 키우고 잎을 만드는 데 큰 에너지를 쓰는데, 거기에 더해 찬란한 색깔의 꽃잎을 피우는 일은 감당하기 어려운 커다란 비용을 지불하는 일이다. 물론 꽃을 피워 수정을 하고 열매를 남기면 책임은 다하는 것이니 힘이 들더라도 수정을 해 줄 벌과 나비 등 곤충을 불러 모을 수 있는 화려한 꽃잎은 만들어야 한다. 그런데 꽃마리는 깨알만 한 꽃을 피운다. 이래서야 꽃이 펴도 수분(受粉)이나 할 수 있을지 걱정

너무 작아 보기조차 힘들게 피어난 꽃마리꽃

유인 색소로 선명하게 드러난 꽃마리꽃

이다. 그래서 꽃이 만들어 낸 한 가지 기술이 바로 유인 색소다.

유인 색소는 말 그대로 곤충을 유인하기 위해 식물이 스스로 큰 값을 치르고 만들어 내는 상징(symbol)이다. 차들이 밤중에 다른 차선으로 넘어가지 않도록 도로에 형광 도료를 칠하듯 꽃잎 안쪽에 있는 꿀을 벌 나비가 공략할 수 있도록 유인 색소로 무늬를 만든다. 고비용이지만 수분을 위한 확실한 장치인 것이다. 작고 귀엽기만 한 꽃마리도 전략이 있고 최선을 다하는 삶을 산다.

내가 몸 담고 있는 검찰에도 정말 하나하나 민생 사건에 온 힘을 다해 최선을 다하는 꽃마리 같은 직원들이 참 많다. 내가 아는 후배는 평생을 형사부만 자청하여 근무한, 말하자면 '형사통' 검사다. 언젠가 내가 그에게 물었다.

"다른 검사들은 다 좋은 보직을 받으려고 하는데 왜 그렇게 전국의 형사부만 전전하나? 집에서 타박하지는 않더냐?"

후배 형사부 전문 검사는 이렇게 대답했다.

"누가 알아주지 않아도 사건 하나하나가 당사자들에겐 소중합니다. 그래서 특수부나 공안 사건보다 훨씬 더 중요하다고 생각합니다. 사건을 맡아 처리하고 신문에 이름 한 줄 나오지 않아도 저 자신이 스스로 행복합니다."

지금도 그 후배는 형사부 검사로 묵묵히 형사통 길을 가고 있다. 또한 일부를 제외한 많은 검사들이 후배와 같은 생각으로 일하고 있다. 누가 알아주지 않아도 말이다. 그들은 작지만 위대하다. 그들을 칭찬하자니 내 혀와 붓의 형용 능력이 턱없이 부족하다.

병아리풀

낮은 데로 임하소서

병아리풀(*Polygala tatarinowii*)은 전라도와 중부 이북의 산이나 풀밭에서 자라는 한해살이풀이다. 5~15cm 높이로 크지 않게 자란다. 줄기는 곧게 서고 밑에서 가지가 갈라지기도 하며 잔털이 있다. 8~9월에 줄기와 가지 끝에 달리는 총상꽃차례에 홍자색 꽃이 한쪽 방향으로 핀다. 꽃은 아래에서부터 위로 피어 올라가며 꽃받침잎은 5개이고 곁갈래는 꽃잎처럼 보인다.

꽃은 자기가 사는 곳에서 제 시간에 꽃을 피우고 열매를 맺는다. 사람이 보고 싶어한다 하여 자기 시간을 거슬러 피우지는 않는다.

8월 하순의 토요일 아침, 아내가 '병아리풀'을 보고 싶다고 했다. 아내가 이렇게 말하는 뜻은 8월 말이면 병아리풀이 꽃을 피우니 이 시기를 놓치지 말자는 뜻이다.

그 식물의 모습과 사는 곳을 대략 찾아봤지만 제아무리 꽃개라 한들 뜬금없는 이름을 대면 알지 못할 뿐더러 마치 한겨울에 참외를 찾는 느낌이었다. 찾아낼 수 있을까? 처진 자신감으로 아침에 집을 나섰다.

검색해 보니 남한산성에도 있다고 한다. 일단 아내를 태우고 남한산성으로 갔다. 산성 외곽 산길을 따라 걸으며 탐색을 시작했다. 몇 시간을 돌아도 병아리풀은 찾을 수 없었다. 꽃개로서 체면이 말이 아니다. 혹시 놓치진 않았을까 생각되어 다시 처음 왔던 부근으로 돌아가 다시 시작하던 끝에 마침내 병아리풀을 찾고야 말았다. 그리고 난생 처음 산삼을 발견한 심마니처럼 "여기 병아리풀이 있다!" 외쳤다.

꽃개의 정성스런 촉에 잡힌 병아리풀은 그야말로 작고도 귀여웠다. 새끼손톱만 한 작은 잎이지만 잎맥이 또렷하고, 깨알만 한 분홍 꽃잎 사이로 노란 꽃술을 드러낸 자태가 자신감 넘쳐 보였다.

병아리풀꽃

병아리풀은 그 작고 귀여운 모습이 병아리 같아 붙인 이름으로 추정되는데, 좀영신초라는 이명이 있다. 한반도 전체에 두루 존재하기는 하나 그 존재를 잘 모르니 그렇게 귀하고 소중할 수 없다.

병아리풀꽃은 새끼손가락보다 작은 풀이지만 줄기가 반듯하게 곧추서 있다. 그래도 꽃의 모양을 완전하게 갖추었으며 결코 흐트러짐이 없다. 꽃이 아래에서 위로 피기 때문에 윗부분에서는 꽃을 피우지만 꽃 아래쪽으로는 깨알 같은 열매를 많이 맺는 모습이 왠지 내겐 낯설지 않다. 법원과 검찰을 오가며 말 없이 공판에 매진하는 공판부 후배 검사의 바른 모습이 이 풀꽃에 오버랩된다.

시민들이 원하는 검사상이 이런 병아리풀꽃 같은 검사들이 아닐까? 큰 보직을 탐하지 않으면서 누가 알아주지 않아도 국민의 공복으로 소

명을 다하는 공판부 후배 검사를 떠올리며 검사의 전형을 생각한다.

병아리풀의 학명 중 *Poly*는 '많다'는 뜻이고 *gala*는 '젖'을 뜻하므로 '*Polygala*'는 '젖 분비를 촉진'한다는 뜻일 테다. 병아리풀꽃을 볼 때마다 아름다운 그 공판부 후배가 그런 역할을 하고 있다는 믿음이 생긴다.

검찰 개혁을 시도하던 때 검찰청을 기소청으로 바꾸자는 주장이 힘을 얻었다. 기소청이 설립될 경우 이런 병아리풀 같은 검사들이 우대받을 것임은 분명하다.

삼백초

탁월한 협력과 겸손으로 이룬 상생

삼백초(*Saururus chinensis*)는 제주도 습지에서 자라는 삼백초과의 여러해살이풀로 우리나라에는 1속 1종이 있다. 곧게 선 줄기는 50~100cm 높이로 자란다. 속명 *saururus*는 희랍어 *sauros*(도마뱀)와 *oura*(꼬리)의 합성어로 이삭꽃차례가 도마뱀 꼬리처럼 생겨 붙여진 이름이다. 뿌리, 잎, 꽃 세 부위가 흰색이라 삼백초(三白草)라 한다.

나는 가급적이면 사적 모임에 가입하길 꺼린다. 웬만하면 동창회나 동문회도 참석하지 않는다. 그런 내가 회비를 내는 단체에 가입한 일이 있다. 존경하는 분이 회장인 친목 모임이다. 그분의 회화 작품을 통해 영감과 용기를 얻은 분들이 회원으로 가입한다. 나 또한 그런 이유로 초청을 받아 회원이 되었다. 그런데 모임이 있는 날마다 공교롭게도 나의 재판이 겹치거나 움직이지 못할 사정이 생겨 딱 한 번밖에 참석하지 못했다. 그렇게 오랜 시간이 지나고 나는 하는 수 없이 모임 단톡방에 다음과 같은 인사를 올렸다.

> 존경하옵고 또 사랑하옵는 우리 회장님, 그리고 멋지고 쟁쟁한 우리 회원님께!
>
> 제가 지난 날 00회 회원으로 승인받은 후 지금까지 찾아뵙지 못해 죄송하고 송구한 마음뿐입니다.
>
> 저는 우리 회가 어린이 잇몸에서 새로 돋아나는 치아처럼 생명 사상을 품고 생명 존중의 이상과 가치를 지닌 모임이라 생각하며, 저도 그 취지에 적극 공감하며 함께 동행하고자 합니다.
>
> 저는 삼백초를 좋아합니다.
>
> 삼백초는 십약(十藥)이라 불릴 정도로 탁월한 효능을 지닌 약초입니다.

삼백초꽃은 햐얗게 피지만 그 색이 빈약해 벌나비가 쉽게 찾을 수 없습니다. 그래서 삼백초꽃 주변의 녹색 잎들이 꽃을 따라 흰색으로 변해 꽃들이 더 크고 잘 보일 수 있게 도와주고, 꽃이 지면 잎은 다시 녹색으로 되돌아온다고 합니다. 삼백초가 탁월한 효능을 갖게 된 건 바로 꽃과 잎의 협력과 응원 덕택이라 생각합니다. 저도 회원으로서 삼백초 이파리처럼 생명의 꽃인 모임을 위해 노력하겠습니다.

요즘 삼백초를 야생에서 보기는 쉽지 않게 되었다. 항암 작용이 있다는 소문에 수난을 당한 까닭이라고 한다. 그럴수록 나는 없는 시간이라

흰색의 삼백초꽃과 잎

밤에 더욱 선명한 하얀색 삼백초꽃과 잎

도 쪼개 가며 삼백초를 찾아다닌다. 삼백초를 통해 유유록명(呦呦鹿鳴)하는 협력과 상생, 겸손을 생각하기 때문이다.

삼백초를 보면 나태주 시인의 시*가 생각난다.

내가 좋아하는 사람은
슬퍼할 일을 마땅히 슬퍼하고
괴로워할 일을 마땅히 괴로워하는 사람

* 나태주 시집 『꽃을 보듯 너를 본다』, 나태주, 지혜, 2020 수록 시 〈내가 좋아하는 사람〉, 지혜출판사의 승인을 얻어 인용하였음.

남의 앞에 섰을 때
교만하지 않고
남의 뒤에 섰을 때
비굴하지 않은 사람
내가 좋아하는 사람은
미워할 것을 마땅히 미워하고
사랑할 것을 마땅히 사랑하는
그저 보통의 사람.

가을벚꽃

상식을 의심하라

봄바람에 꽃잎 날리며 흐드러지게 피었다가 화끈하게 지는 벚꽃! 벚꽃은 봄꽃의 대명사이다.

서울중앙지검과 서울중앙지법 사이에는 아름드리 벚나무가 울창하게 자라고 있다. 1980년대 말 서초동에 검찰청과 법원 건물을 새로이 지을 당시, 법원이 검찰청 땅의 일부를 점유하는 대신 검찰은 법원 건물의 일부를 공판부 사무실로 사용하기로 했다. 그런데, 법원 사무실이 부족해지자 법원에서는 공판부 사무실 철수를 요구하였다.

검찰의 입장 역시 딱하긴 마찬가지였다. 검찰청 내 사무 공간이 부족해 법원 공판부 사무실을 당장 비워 내주기도 어려운 상황이었다. 더구나 검찰에겐 법원 건물의 일부를 사용하는 게 이미 수십 년 전 양해되어 이어진 관행이라는 명분도 있었다.

나는 서울중앙지방법원에 있는 공판부 사무실을 찾아 현장을 확인했다. 그런데 그렇게 사용하고 있는 사무실조차 턱없이 비좁았다. 게다가 마땅히 옮겨갈 만한 공간을 찾기도 어려웠다.

그 무렵 앞마당에는 벚꽃이 흐드러지게 피어 멀리서 봐도 벚나무가 법원과 검찰청 사이 확연한 경계를 짓고 있었다. 나는 초임 검사 때부터 무수히 지나다니던 그곳에 벚꽃이 만들어 준 경계의 의미를 곰곰 생각해 보았다. 경계에 벚꽃을 심어 놓은 뜻은 꽃처럼 보는 이를 즐겁게 만들고 서로 좋은 생각을 하라는 건 아닐까. 그런 마음으로 나는 양측을 오가며 설득에 나섰다. 애쓰는 내 모습을 가상하게 여겼는지 우여곡절 끝에 법원과 검찰의 오랜 공판부 사무실 분쟁은 해결되었다. 꽃의 마음으로 생각한 효과였다.

이야기가 옆길로 샜다.

벚꽃이 피는 시기는 보통 3~4월이다. 그런데 가을에 피는 벚꽃이 있다는 사실을 아는 이는 드물다.

내가 처음 가을벚꽃을 본 것은 천리포 수목원 입구에서다. 서리 내리는 한로(寒露)도 한참 지난 10월 말인데도 벚꽃이 피어 있었다. 가을벚꽃을 본 그날은 꽤 쌀쌀한 날씨였으니 적잖이 충격이었다. 처음에 나는 벚꽃을 보고 '요즘 환경 오염이나 지구 온난화 등으로 제철을 모르는 나무나 야생화가 많은데 이 나무도 그런가 보다' 지레짐작했다. 그런데 그게 아니었다. 춘추벚나무 '아우툼날리스 로세아'(*prunus x subhirtella* '*Autumnalis Rosea*')라는 벚나무 품종이 있다는 것이었다.

봄에 피는 벚꽃은 보통 보름 정도의 기간을 두고 피는 데 비해, 가을벚

가을벚꽃 송이

꽃은 10월부터 두 달에 걸쳐 핀다. 심지어 눈이 올 때도 피는 경우가 있다. 가을벚꽃은 봄에 피는 벚꽃보다 작고 분홍빛이 도는 겹꽃 형태이다.

벚꽃하면 사람들은 으레 봄을 생각한다. 사람들의 상식이나 지식에 얼마나 허망한 오류가 많은지, 특히 사법적 판단을 해야 하는 검사나 판사들에게도 이런 황당한 경우가 없지 않을 것이다. 그러니 '내 상식이 사실이 아닐 수도 있다'는 명제는 진리이다.

수사는 과거의 사실을 현재에 재생하는 것이다. 녹화나 녹음 등의 기록이 없는 한, 사람의 기억을 듣고 과거의 사실 관계를 확정하고, 법리를 적용하여 결론 내는 과정이다. 사건이 발생한 시기(육하원칙에서 '언제')는 가장 기초적이고 중요한 사실 관계이다. 예컨대 혹자가 오래 전 사건의 발생 시점을 진술하면서 "그때 벚꽃이 피어 있었다"고 한다면 일반적으로 봄을 생각하겠지만 의외로 찬바람 부는 11월일 수도 있는 것이다.

내가 아는 일반적 상식이 사실이 아닐 수도 있다는 자세로 늘 자신을 점검해야 한다. 사람의 과거를 재단하는 직무를 맡은 자라면 더더욱. 입만 열면 '공정'과 '상식'을 외쳐 대면서도 대중들의 '상식'을 처참하게 무너뜨려 버리는 일이 비일비재한 요즘일진대 하물며….

담쟁이

뜯긴 자리에 끝끝내 자신을 남겨

담쟁이를 모르는 사람은 없다. 그만큼 우리 주변에 흔히 자라고 있는 덩굴 식물이기 때문이다.

담쟁이는 고난을 극복하고 기어코 목표에 이르고야 마는 상징적 존재로 회자되곤 한다. 오 헨리(O. Henry, 1862~1910)의 단편『마지막 잎새』에서 죽음을 앞둔 소녀에게 희망을 품게 하는 바로 그 이파리가 담쟁이다.

담쟁이는 이름 그대로 담을 기어오른다고 하여 붙여진 이름이다. 포도과에 속하는 덩굴 식물로 보통 흡착근이 있어서 나무 줄기나 돌담, 바위에 붙어 생장한다. 담쟁이 잎은 넓은 달걀형으로 끝이 세 갈래로 갈라지는데, 멀리서 보면 하트처럼 보이기도 한다. 가을이 오면 하얀 담벼락을 따라 하트 모양으로 올라간 담쟁이 이파리들이 색색의 단풍으로 변하여 보는 이로 하여금 사랑의 상징처럼 느끼게 한다.

단풍 든 담쟁이 잎

내가 사는 집 담장에도, 집 앞 교회 담장에도, 둘러보는 곳곳마다 담쟁이덩굴이 예쁘게 자란다. 가을엔 어김없이 멋진 그림으로 내 마음에 평화를 선사한다.

담쟁이가 내게 속삭이곤 하는 평화의 언어가 있었다.

"나는 이렇게 벽에 붙어 힘겹게 살지만 너도 힘을 냈으면 해. 세상은 더디 가는 것 같지만 그래도 나처럼 조금씩 나아가는 거야."

어느 가을날, 우리 아파트 벽에 그림을 그려 놓았던 그 친근한 담쟁이덩굴이 갑자기 사라지고 없었다. 아파트 관리인이 환경 정비한다고 그랬는지 송두리째 걷어내 버린 것이었다.

으악, 이런 경악스런 일이!

눈만 뜨면 만나던 친구가 "안녕!" 한마디 없이 홀연히 사라진 듯하여 가슴이 아렸다. 하지만 어찌하랴. 나는 마음을 다잡고 다시 일상을 이어갔다.

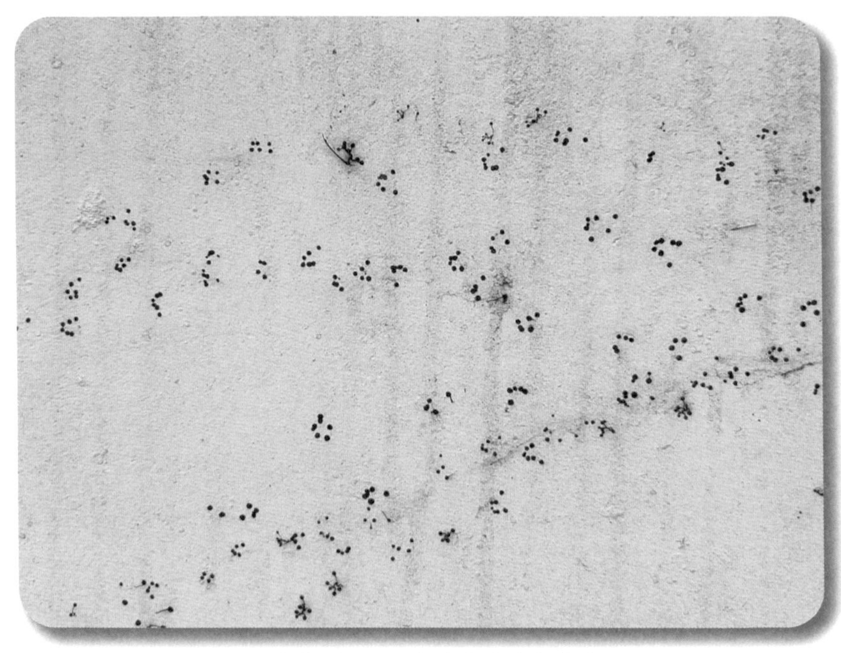

뜯겨졌음에도 끝내 남긴 담쟁이 자취

그러던 어느 주말, 나는 담쟁이가 있던 그 벽을 향해 발걸음을 옮겼다.

아! 멀리서는 보이지 않았는데, 가까이 다가가 자세히 들여다보니 제 몸이 통째로 뜯겨 나간 그 자리에 담쟁이는 자신의 흔적을 그대로 새겨 두고 있었다. 마치 고양이 발자국처럼 가지런한 모습이었다. 나는 담쟁이가 살아 있을 때처럼 그 발자국에서 위안을 얻었다. 식물은 심어진 곳에서 일생을 마무리하지만, 생전의 흔적을 두어 그 모습을 추억하게 만드는 마력이 있다. 나는 다시 담벼락에 대고 속삭였다.

"고마워 여전히…."

ㅊ2023

민들레

꿋꿋하고 의젓하게

언젠가 들었던 민들레에 관한 일화가 생각난다. 불우한 환경과 현실을 고민하고 자책하던 사람이 보도블록의 좁은 틈을 비집고 싹을 틔워 올린 여린 민들레꽃을 보고 용기를 얻었다는 내용이었다.

내가 어릴 때는 주변에 토종 민들레가 많았지만 요즘 우리가 보는 민들레는 대부분 서양민들레다. 서양민들레는 환경 오염에 강하고 특히 자가 수분까지 가능해 번식력 또한 왕성하다. 서양민들레는 봄부터 가을까지 계절을 가리지 않고 꽃을 피운다. 심지어 도시의 따뜻한 건물 구석에는 겨울에도 종종 서양민들레가 피어 있는 모습을 심심치 않게 볼 수 있다.

토종 민들레는 봄에만 꽃을 피운다. 그것도 곤충에 의한 타가 수분의 전통적이고 정직한 번식을 추구한다. 게다가 오염된 산성 토양에서는 잘 자라지도 못한다. 그리하여 우리 고유의 토종 민들레는 사람들이 사는 도시를 떠나 인적 드문 산골이나 시골로 밀려났다.

토종 민들레꽃

서양민들레꽃

민들레는 주변에 너무 흔해 모르는 사람은 없을 것이다. 그런데, 토종 민들레와 서양민들레의 차이를 아는 사람은 많지 않다. 두 종의 차이점은 꽃받침 모양에 있다. 토종 민들레는 꽃받침이 꽃잎을 감싸고 지탱해 주는 반면 서양민들레는 꽃받침이 꽃잎과 떨어진 채 뒤로 젖혀 있다.

노랑과 하얀색 중 하얀 민들레 꽃은 대체로 토종 민들레라고 보면 된다. 어린 시절부터 어디서건 흔히 볼 수 있었던 토종 민들레를 만나려면 이제 도시를 떠나 산야로 가야 할 판이니…, 씁쓸하다.

봄날이면 나는 꼭 토종 민들레를 만나러 간다. 식물원에 가면 가끔 토종 민들레를 심어 놓은 곳이 있긴 하다. 하지만 예상치 못한 양지바른 곳에서 토종 민들레와 맞닥뜨릴 때 적잖이 반갑고 기쁘다.

오염된 도시에서도 무지막지하게 개체 수를 불려 가는 서양민들레를 피해 우리의 토종 민들레는 산야의 양지에서 자기만의 고고함을 지키고 있다. 결코 환경을 탓하거나 타협하지 않고 고유한 품성으로 꿋꿋함을 유지하며 살아간다.

아침에 출근할 때, 점심 후 산책 시간에, 주말 공원의 산책길에서 나는 서양민들레를 볼 때마다 도시에서 멀리 벗어나 굳건히 살아가는 우리 민들레를 생각한다. 그럴 때면 오염된 현실 정치를 피해 심산유곡에 숨어들어 명을 다한 백이, 숙제가 떠오른다. 그때마다 '나도 한번 유유자적 의젓하게 살아 보자' 하는 각오를 남몰래 다져 본다.

인동덩굴꽃과 구절초

위장하되 위선하지 않는다

내가 식물을 좋아하는 이유 중 하나, 식물은 정직하다는 데 있다. 위장은 하되 위선은 없다. 때로는 과장법도 사용하지만 수분에 도움을 주는 곤충들에게 적절한 보상을 잊지 않는다. 후손 번식을 위해 벌나비를 유혹하더라도 있는 그대로 보여 주고 선택받는다. 끝내 선택이 안 되는 경우, 후손 없이 그대로 죽거나 최후 수단으로 스스로 꽃잎을 닫아 '자가수분'을 해 버린다. 제비꽃, 솜나물과 같이 이런 생태를 가진 꽃들을 '폐쇄화'라 부른다.

사람들이 사는 사회에는 '공시(公示) 제도'라는 것이 있다. 토지나 건물이 누구의 것임을 알리는 등기부가 있고, 혼인 관계 사실을 알리는 가족관계등록부(과거에는 호적부라는 것이 있었으나 폐지되었다)가 있어 재산 관계나 혼인 관계를 알게 해 준다. 이는 공공 기관이 일정한 사

인동덩굴꽃. 희고 노란 꽃이 한 가지에 같이 있다.

실을 게시하여 일반에게 널리 알려 줌으로써 권리 관계의 혼란을 방지하려는 제도이다. 물론 이 제도는 사람들이 구두로 약속하는 경우 불신이나 분쟁이 있을 수 있으므로 공적(公的)으로 알려 헷갈리거나 분쟁이 생기는 것을 미리 막는 효과도 노리는 것이다. 가족관계등록부는 그 내용이 특히나 그렇다.

그런데 이런 공시 제도가 인간 사회에만 있는 것은 아니다. 식물들의 사회에도 유사한 게 있다. 식물의 공시 제도는 식물의 정직성에서 나온다. 그 색의 변화 때문에 '금은화'라고도 불리는 인동덩굴꽃은 흰색으로 피었다가 수정 후에는 노랗게 변한다. 목화꽃도 흰색이나 연미색으로 피었다 핑크색으로 진다. 이는 수정 전후에 색깔을 변화시켜 꽃을 찾는 곤충에게 '공시'하는 신호이다.

구절초꽃. 흰색과 분홍색 꽃이 한 무리에 선명하게 구분되어 있다.

"나는 혼인했으니 다른 꽃으로 가 보라."

이렇게 식물은 정직하게 다른 이들을 배려한다. 후손을 번식할 정도면 족하니 크게 욕심도 없다.

나는 국정 감사를 받기 위해 여러 번 국회에 갔었다. 국회 건물 뒤쪽 민원실 입구의 둥근 화단에 구절초가 피어 있다. 같은 구절초인데도 어떤 꽃은 분홍이고 다른 꽃은 흰색으로 피어 바람에 날리고 있었다. 같은 꽃인데 색깔이 다른 이유가 궁금하다는 지인을 위해 야생화 관련 책을 찾아보았다. 역시 추론대로였다. 수분한 사실(사람으로 말하자면 결혼한 사실)을 공시하기 위해 색상이 변한다는 내용이었다. 질문한 친구에게 이를 알려 주었더니 그는 어디를 가나 자신이 구절초를 잘 안다면서 내가 알려 준 대로 구구절절 설명한다. 사람도 구절초처럼 정직해야 한다고 덧붙이면서.

물봉선과 얼레지

비용과 정성을 아끼지 않는 감동 전략

나는 서울동부지검에서 세 차례나 근무했다. 지금은 청사를 한강 이남으로 이전했지만, 과거 서울동부지검은 2호선 구의역에 붙어 있었다. 전철에서 내리면 곧바로 연결되어 교통은 편리하지만 건물이 작아 공간을 활용하기엔 상황이 그리 녹록지 않았다. 처음에는 본관을 3층으로 지었는데 공간 사정이 어렵게 되자 4층으로 증축하고, 다시 그 옆을 늘려 별관을 만들고, 별관 옆에 신관을 지어 건물을 계속 연결해 나갔다.

그러다 보니 내부 공간이 너무 복잡해졌다. 한마디로 미로가 된 것이다. 피의자가 신관에서 도망치면 별관과 본관이 워낙 미로라 한참을 뛰어가다 보면 본관 보일러실에 도착한다는 말이 있을 정도였다. 출구를 찾기도 어려웠다. 그래서 신관에서 별관, 본관까지 바닥에 안내선을 그려 사람들이 사무실을 쉽게 찾도록 하였다.

요즘 고속도로를 운전하다 보면 분홍색, 녹색으로 선을 그어 빠져나갈 길을 안내하는 유도선(誘導線)을 출구 따라 그려 놨는데, 이것이 운전할 때는 제법 도움이 된다.

사람만 유도선을 그릴 줄 알 거라 생각하면 오만이다. 식물도 꽃에 유도선을 만들어 벌나비가 쉽게 찾아 들어 꿀을 빨고 수분이 가능하도록 유도한다.

물봉선과 얼레지가 그런 꽃이다. 물봉선을 앞에서 보면 꽃 모양이 입을 크게 벌린 물고기의 목구멍처럼 생겼다. 꽃잎과 연결된 꿀주머니는 뒤로 쭉 뻗어 있다. 꽃잎은 혀처럼 길게 나와 벌나비가 쉽게 착륙할 수 있게 해 주고, 꽃잎 안쪽에는 유도선에 해당하는 노랑과 자주색 점이 새겨 있어 목적지인 꿀주머니까지 길을 쉽게 찾을 수 있게 해 준다.

물봉선꽃의 선명한 유도선

얼레지꽃의 선명한 유도선

얼레지도 꽃잎 안쪽에 더블유(W) 모양의 진한 자주색 선이 있다. 곤충들은 그 선을 따라 꿀이 있는 자리에 무난히 도달할 수 있다.

사람이나 식물이나 각자의 소견대로 살아갈 수는 있지만, 역시 사정을 제일 잘 아는 쪽에서 친절한 안내와 비용, 무엇보다 정성을 들여야 타인에게 감동을 준다. 이 또한 자연계의 진리이며 지혜가 아닐까. 비록 엄중한 법 집행을 담당한 처지이나 공복의 사명을 지닌 자로서 봉사하는 마음가짐을 들꽃에서 또 이렇게 배운다.

얼레지꽃

꽃을 대하듯 살아 보라

어쩌다 보니 나는 30대 후반에 첫 주례를 섰다. 간곡히 부탁하는 후배에게 거듭 거절했지만 내가 주례를 서지 않으면 결혼을 안 하겠다고 반 협박하는 바람에 결국 승락하게 된 자리였다.

그리하여 처음 주례를 서는 내 귀에 신랑 아버님이 신랑에게 묻는 몹시도 계면쩍은 소리가 들린다.

"주례가 너무 젊은 거 아니야?"

신랑이 대꾸한다.

"아니에요. 요즘은 젊은 사람이 주례하는 것이 유행이에요."

"아, 그러냐."

그렇게 한 번 시작된 주례는 그 뒤로 대추나무 연 걸리듯 이어졌다.

보통은 결혼하여 자녀를 낳아 잘 길러 본, 삶의 귀감이 될 만한 분이 주례를 한다. 말하자면 인생을 잘 살아 온 사람이어야 그 자리에 어울리지 않겠나. 나는 형식적인 자격이라면 모르겠지만, 내 삶을 돌아보건대 실제로는 그다지 귀감이 못 된다는 생각에 주례로는 맞지 않다고 고사했었다. 그런 내가 반강제적으로 첫 주례를 서게 되었으니 어떤 말을 할까 심히 고민을 할 수밖에 없었다.

인터넷을 뒤지고, 주례사 관련 책도 부러 사서 읽었다. 그런다고 훌륭한 주례사가 나오는 건 아닐 텐데 말이다. 이제 와 돌이켜보면 그땐 참철이 없었다는 생각에 얼굴이 다 화끈거린다. 시쳇말로 참 '검사스럽지' 않았나 싶기도 하다. 삶을 정성껏 살았어야 하고, 무엇보다 마음 깊은 곳에서 우러난 진정성 있는 덕담이 중요한데 근거 자료와 전례를 먼저 찾았으니 말이다.

그런데 그렇게 경황 없이 찾아보던 중 딱 내 마음에 꽂힌 과거 인물의 주례사가 있었다.

"너를 보니 네 아버지 생각이 난다. 잘 살아라."

김구 선생의 주례사라고 했다. 짧고 강렬했다. 세상에서 제일 짧은 주례사가 아닐까. 혼인에 들떠 있는 신랑 신부가 봐도, 주례를 서야 하는 입장에서 봐도 정말 명쾌한 메시지이다.

나도 30년 전 내 결혼식에 주례사를 들었지만 지금까지 기억 나는 내용은 없다. 다른 사람들도 크게 다르지 않을 것이다.

나는 주례사를 정리하기 전에 '의뢰인'에게 직접 물어본다. 그리하여 긴 주례사가 필요하면 9분짜리, 짧은 주례사를 원하면 3분 이내로 축원의 말을 끝낸다. 내 인생에 비추어 별로 자신이 없으니 대신 내가 좋아하는 꽃의 삶을 빌어 그럴듯한 말을 준비한다. 그리하여 내 입에서 나가는 주례사는 한결같다.

'꽃을 가꾸는 마음으로 살아 보라.'

부부는 결코 일심동체(一心同體)가 아니다. 꽃을 대하듯 '이심이체(二心二體)'로 사는 게 좋다. 그러므로 나는 '상대를 있는 그대로 인정하고 기다려 주라'고 일러 준다.

상대를 꽃으로 생각하면 상대가 나에게 맞추길 바라지 않는다. 상대에게 일심동체가 되라고 강요할 이유도 없다. 기다리고 기대하는 마음으로 상대를 대하고, 꽃을 바라보듯 지켜보면 때가 되어 튼실한 열매를 맺는다. 나무가 스스로 햇볕, 공기와 교류하며 생장하여 꽃을 피우듯 가정도 그와 같다는 뜻이다.

김구 선생도 '아버지의 삶에서 배워 꽃처럼 살라'는 말씀을 그렇게 짧게 하신 게 아닐까.

요즘은 주례를 앞세운 결혼이 많지 않거니와 이젠 내 자신이 주례 서기를 싫어한다. 나 역시 나이 들어 가면서 말이 많아지고, 다른 사람에게 자꾸 가르치려 드니, 나에게 맞추도록 강요하는 듯한 내 태도가 스스로 맘에 들지 않기 때문이다.

스스로 꽃처럼 살지 못하는데 누구에게 꽃처럼 살라고 말해 줄 수 있을까.

'좋은 게 좋다'는 게 덕담이요 축사라지만….

개나리와 영춘화

시작과 끝을 생각하며

우리 법률은 권리 관계를 규율하고 있다. 사람이 권리의 주체가 되는 데 가장 본질적이고 중요한 문제는 '그는 언제부터 사람인가?'이다.

법률상 '사람'은 이미 태어난 존재이다. 그래서 '태아'는 제한적 범위에서만 사람으로 인정된다. 태어나 사람으로 보는 시기에 대해 진통설(陣痛說)도 있기는 하지만 기본 입장은 완전노출설(完全露出說)에 근거한다. 태아가 모체에서 완전히 떨어져 나와야 비로소 사람으로 인정한다는 것이다. 형법에서는 '사람인가 태아인가'에 따라 살인죄의 처벌 규정 또한 다르다. 한편으로 사람의 종기(終期)는 아직 논쟁의 대상이다. 요즘 의학계에선 심장 정지가 아니라 뇌사설(腦死說)이 일반적이다.

식물을 대하거나 공부할 때 늘 떠오르는 의문이 있다. 도대체 식물은 언제 태어나 언제 죽었다고 할 수 있을까? 유성 생식을 하는 식물은 보통 씨앗의 발아를 시기(始期)라 할 수 있다. 그런데 무성 생식이나 영양 번식을 하는 개나리나 영춘화는 언제부터를 시작점이라고 할 수 있을까?

개나리꽃

영춘화꽃

우리 주변에서 흔히 볼 수 있는 개나리는 꽃은 피지만 열매를 잘 맺지 않는다. 개나리는 보통 가지를 잘라 흙 속에 심어 뿌리를 내리게 하는 '삽목' 방식으로 번식시키는데, 꽃은 수술보다 암술이 짧아 열매 맺기가 쉽지 않다. 그렇다면, 개나리의 일생은 가지를 꺾어 땅에 꽂는 순간 시작된 것일까?

한편 식물의 죽음은 언제를 기준으로 정의할까?

타인 소유의 작물을 죽이면 형법상 '손괴죄'가 성립된다. 고가의 식물도 많으므로 타인이 소유한 식물을 죽이면 손괴죄로 처벌받기 쉬운데, 식물이 어떤 상태가 되었을 때 비로소 죽은 것으로 판정할지 지금도 의문이다.

식물도 뿌리 등에 뇌의 기능이 있어 유해 물질을 피하고, 물과 햇볕을 스스로 찾아 가며, 손상되면 복구하여 다시 자란다. 심지어 감정까지 있다고 한다. 그래서 음악을 들려준 후 식물이 더 잘 자란 사례도 심심치 않게 보고된다. 바람과 햇빛을 쏘이고 뿌리를 뻗고 줄기를 키우게 하는 종합적 판단을 담당한 뇌가 있다는 말이다. 그런데 동물과 달리 식물의 뇌는 분산되어 있다. 그러니 동물은 뇌가 손상되면 개체 전체가 손상을 입게 되지만 식물은 일부가 손상되어도 곧바로 다른 뇌가 작동하여 복구하므로 살아가는 데 문제가 없다. 이러한 식물의 생존 기술을 요즘 한참 사회적 이슈인 개념에 빗대 말하면 '블록체인' 기술이라고 할 수 있다. 중앙 집중식 동물의 뇌가 갖는 문제점을 식물의 뇌는 지방 분산형으로 멋지게 극복한다. 그러니 치매도 없다.

그럼에도 식물의 종기에 대한 다툼의 여지는 여전하다. 동물의 종기에 비해 불필요한 논쟁일 수도 있다. 아내에게 이에 관해 의견을 물었다.

"뿌리가 말라 버리면 비로소 죽은 게 아닐까?"

아내는 이렇게 말하며 활짝 웃었다. 아무래도 모를 일이다. '주목'을 보면서 사람들은 '살아 천 년 죽어 천 년'이라고 한다. 생사가 확연히 구별되는 사람과 달리 식물에게는 죽음이 곧 종착역을 의미하는 것만은 아닌 듯싶다. 죽어서도 그 자리에 남아 꿋꿋하게 천 년을 견디는 주목을 생각하면 더욱 그러하다. 하긴 식물은 굳이 법률의 힘을 빌리지 않고도 경쟁과 조화를 적절히 유지하며 잘 살아가는데 굳이 종기(終期)를 고민할 필요가 있을까.

제 한 몸 제대로 추스르지 못하면서 식물까지 걱정해 주다 보니, 쓸데없이 법률적 고민을 하는가 싶은 마음에 뜬금없이 얼굴이 화끈거린다.

낙우송

어떤 상황에서도 길을 찾는 지혜로

몇 해 전 광주민주화운동의 실제 이야기를 다룬 영화 〈택시 운전사〉에 담양의 메타세쿼이아 가로수 길을 주인공이 택시로 달리는 장면이 있었다. 하늘로 쭉쭉 뻗은 수형이 시원하고 멋진 나무가 바로 메타세쿼이아다. 많은 지자체들이 앞다퉈 메타세쿼이아 숲이나 가로수 길을 조성한다. 멋쟁이 나무들이 관광객을 유치하는 효과뿐 아니라 아파트나 공원을 돋보이게도 한다.

메타세쿼이아와 아주 비슷해 외형만으로는 선뜻 구별이 어려운 나무가 있다. 바로 낙우송(落羽松)이다. 잎이 깃털이나 빗살처럼 갈라진 모양이라 가을에 단풍진 잎을 벗어 버릴 때쯤이면 마치 새의 깃털이 통째로 떨어지는 것 같아 붙여진 이름이다.

낙우송은 메타세쿼이아와 사촌쯤 되지만 잎 모양이 좀 다르다. 낙우

단풍 든 낙우송 잎

습지에 자란 낙우송 줄기와 호흡근(기근)

송 잎은 어긋나기로, 메타세쿼이아는 마주나기로 난다.

"메타세쿼이아는 이름이 여섯 글자라 짝이 맞으니 잎이 마주나고 낙우송은 세 글자니 어긋나기다. 그렇게 기억하면 돼."

아내가 친절하게 가르쳐 줬다.

낙우송은 물가에서도 잘 자라는, 습지에 강한 식물이라 호숫가 등 수변에 많이 심는다. 어떤 이는 낙우송이 미국의 습한 지역에서 살던 나무이고, 물을 좋아하기 때문에 물가에 심게 되었다고도 한다. 낙우송 입장에서는 좀 억울하겠다는 생각도 든다. 실인즉 그 반대일 수도 있기 때문이다.

낙우송도 생명체이니 물이 있어야 생장할 수 있고 광합성도 해야 한다. 그런데 어떤 요인에 의해 낙우송 서식지에 물이 들어와 습지가 된 것이다. 하지만 발 없는 식물이 습지를 피해 다른 곳으로 옮겨갈 수는 없는 노릇이니 궁여지책으로 달리 살아날 방법을 찾는다. 진흙땅에서는 뿌리가 썩어 버릴 수 있으므로 밑으로 뿌리를 내리는 대신 습기가 덜한 지면 위로 뿌리를 올리는 방법을 찾아낸 것이다. 이 뿌리를 호흡근(呼吸根) 또는 기근(氣根-공기뿌리)이라고 한다. 그리하여 호흡근은 잠수함의 잠망경이나 스노클링하는 사람들의 공기 대롱 같은 기능을 수행한다. 그렇게 하면 본래의 뿌리가 물속이나 습한 땅에 박히더라도 일부는 좀 더 거리를 두고 뻗어 나가 땅 위에 올려놓고 숨 쉴 수 있게 된다.

knee root라는 영어 별칭에서 알 수 있듯 위로 튀어나온 부분이 사람의 무릎을 닮았다. 막상 만져 보면 구부린 무릎처럼 매끈한 감촉이 손바닥에 전달된다. 낙우송이 있는 자리는 습하다 보니 땅이 약하고 무르다. 그래서 뿌리를 멀리 뻗어 마른 땅 위로 올려놓으면 줄기가 균형을 잡고

낙우송의 호흡근(기근)

넘어지지 않는 효과도 있다. 놀랍고 창의적인 지혜가 아닐 수 없다. 감탄이 절로 나온다.

시원하게 조성된 메타세쿼이아 가로수 길이나 숲이 전국에 많지만 낙우송 숲은 드문 듯하다. 낙우송을 좋아하는 내가 자주 가는 곳이 있다. 그곳은 습지이면서도 칙칙하지 않아 오히려 평화롭다. 낙우송 아래 아내와 둘이 앉아 집에서 싸 가지고 간 찐빵을 먹으며 대화를 나눈다. 나무 아래에서 마시는 커피는 그야말로 별미다.

낙우송도 우리를 반겨 주는 듯하다. 겨울엔 떨어진 잎을 밟는 푹신함이 좋다. 아내가 낙우송 우듬지를 올려다 보며 내게 조용히 말했다.

"어디에 있건 어떤 상황에 처하건 지혜를 찾으면 다 길이 열려요."

나는 아내를 따라 슬며시 고개를 젖혔다. 하늘로 솟은 우듬지가 유난히 높았다.

아내와 자주 찾곤 하는 낙우송 안식처

3

순(順)

처녀치마 세밀화, 이상숙 그림

대추나무

모름지기 이쯤의 내공은 있어야

나는 대추나무가 좋다. 진천 법무연수원에서는 그 나무를 자주 만날 수 있다.

검찰에서 사기나 절도 등 걸려 있는 사건이 줄을 선 경우, '대추나무에 연 걸리듯' 많다고 한다. 대표적인 사건이 무전취식으로, 돈이 없으면서도 이곳저곳에서 밥이나 술을 먹고 대금을 내지 않은 행위를 일컫는다. 보통 '사기'로 통칭되는 무전취식은 여러 곳에서 줄지어 일어나는 게 다반사다. 대개는 사회 · 경제적 상황이 이러한 범죄로 이어지는 탓일 것이다. 그러니 그런 시절이면 고발이 대추나무 연 걸리듯 들어온다. 안타까운 마음과 쏟아지는 업무에도 불구하고 나는 대추나무가 갖춘 내공을 좋아한다.

봄이 되면 대지의 나무와 풀들은 앞을 다투어 형형색색의 잎과 꽃을 피워 낸다. 벌나비들의 눈에 띄어 성공적으로 수분을 이뤄 내기 위한, 말하자면 종족 보존을 위한 치열한 경쟁이다. 식물의 다양성은 이런 과정을 통해 이루어진다. 그런데 이상하게도 대추나무는 종족 보존에는 관심이 없는 듯하다. 온갖 나무와 풀들이 잎과 꽃을 내밀어 화려함을 자랑하는 중에도 대추나무는 무심한 듯 꿈쩍도 안 한다. 5월이 돼도 도무지 싹이 나지 않는 대추나무를 보며 '나무가 죽었구나!' 생각들 때쯤 극적으로 잎을 틔운다. 급한 성미에 잎이 나오기도 전에 화려한 꽃부터 피우는 식물들도 있는데, 내공 깊은 대추나무는 잎을 내보낸 뒤에도 꽃을 서두르지 않는다. 그렇다고 꽃이 화려하냐면 그렇지도 못하다. 대추나무가 피운 꽃은 작기도 작지만 꽃 색이 잎사귀와 비슷한 연둣빛이라 얼핏 눈에도 잘 띄지 않는다. 그런데 그 결과는 오히려 창대하다.

늦게 나온 잎들은 여름 볕을 온몸에 받으며 기름을 바른 듯 반질거리며 강한 비바람에도 묵묵히 견딘다. 왜 아직도 잎을 안 틔우는 건지, 꽃은

꽃이 작을 뿐 아니라 색깔마저 잎사귀와 비슷해 화려함과는 거리가 멀다

왜 그리도 늦게 피우는 건지, 온갖 비난과 의심에도 묵묵히 제 길을 간다. 그리고 마침내 가을이 되면 가지가 그 무게를 주체 못 해 처질 정도로 줄줄이 맺힌 열매가 빨갛게 익어 간다. 맺힌 모양새를 보면 우리의 전통 결혼식 직후 양가 부모와 친지를 모시고 신랑 신부가 힘겹게 행하는 폐백에서 신부 치마폭에 어르신들이 던져 주는 대추의 의미를 알 만도 하다.

대추나무는 벼락을 맞아도 기죽지 않고 더 단단해진다. 검사들은 지금도 형사소송법상 날인하는 경우가 많아 도장(인장)을 사용하는데, 벼락 맞은 대추나무로 만든 도장을 제일 좋아한다. 행운을 불러온다나. 또한 대추 씨앗은 너무도 단단해 웬만한 힘으로는 깨뜨리기 힘들다. 억지로 깨뜨리려 하다가는 자칫 어금니가 깨지는 낭패를 맛볼 수 있다.

나는 서울중앙지검장 시절, 언론의 공격과 비판을 참으로 많이 받았다. 그때마다 대추나무의 둔감력(鈍感力)으로 하루하루를 살아 냈다. 그 많은 눈총과 그 독한 입들이 내뱉는 비난을 견뎌 낼 둔감력으로 무장해야 비로소 남의 눈치 보지 않고 내가 받은 사명대로 살 수 있고 잠도 잘 잘 수 있다.

오죽하면 최보식이라는 칼럼니스트가 나를 분석하는 글을 썼겠는가. 언론의 비판에도 꿈쩍하지 않는 이유를 그는 아래와 같이 평했다. 내 자랑 같아 쑥스러운 일이지만 이 또한 사실이므로 그가 2021년에 쓴 글의 일부를 소개한다.

… 전략 …

그는 윤석열 총장과 대비돼 정권의 충견, 검사답지 않은 검사라는 낙인이 찍혀 있다. 이제 후흑(厚黑)의 이미지까지 덧붙었다. 하지만 그와 함께 일을 했거나 가까이했던 검사 출신 선배들의 그에 대한 인물평이 나쁘지 않다. 그에 대해 '선비 같다', '기본 품성이 착하다', '사람에 대해 예의 바르다'라고들 말한다. 그는 독실한 기독교인이고 술은 입에도 안 댄다. 채식주의자이고 원칙적으로는 저녁을 안 먹는다. 성실하고 열심히 일하는 쪽이지 나서서 권력에 줄을 대거나 자기 존재를 드러내려는 유형과는 거리가 멀다. 말없이 빙그레 웃는 그의 모습을 기억하는 이들이 많다.

… 후략 …

서울중앙지검장 시절, 나는 대추나무와 대추씨처럼 안으로 단단해지는 둔감력으로 언론의 숱한 비판을 버텨 냈다.

며칠 전 법무연수원 본관 앞 대추나무에 주렁주렁 열린 열매를 하나 따 깨물어 보았다. 그 맛이 달고 깊었다. 더위와 비바람을 견뎌 낸 나무의 열매다웠다.

박새

아! 허망할 왕 노릇이여

박새(*Veratrum oxysepalum*)는 깊은 산 숲속에서 자라는 여러해살이 풀로 60~150cm로 꽤 높이 자라는 편이다. 줄기는 원기둥 모양으로 곧게 솟는데 속은 텅 비어 있다. 잎은 큰 것이 길이 30cm, 폭 20cm 이상으로 자라는 탓에 겉으로는 위용 넘치고 시원스레 보인다. 잎은 어긋나게 달리고 줄기 아래쪽 잎은 잎집이 줄기를 감싸고 위쪽 잎은 세로 주름이 많은 넓은 타원형이다.

혼자만 잘살면 무슨 소용 있나!

야생화 탐방을 갈 때마다 맞닥뜨린 박새는 정말 우악스럽고 뻣뻣하다. 봄에 나는 야생초들이 주는 부드럽고 살가운 맛은 도대체 찾아볼 수가 없다. 야생화 중에서 저만 잘났다고 뻗친 모습을 보면 발로 한번 차주고 싶을 정도이다.

박새를 처음 본 인상은 차라리 위협적이었다. 그런데 그 첫인상은 시간이 갈수록 짙어진다. 꼴도 보기 싫다. 이름조차 '박색'을 닮은 박새다.

박새는 다른 풀들 사이에 유독 키가 크고 줄기도 굵어 풀숲에서 왕 노릇을 한다. 사뭇 나무가 아닐까 싶은 생각이 들 정도다. 독초라 그런지 몸체에서 뿜어져 나오는 사기(邪氣)는 위압감마저 느끼게 한다. "이 구역의 왕은 바로 나다!" 과시하듯 주위 다른 풀들은 살지도 못하게 한다. 그러니 개체군 또한 엄청나게 크다.

박새는 주변 동식물과 잘 어울리지도, 호감을 얻지도 못한다. 뭐든 가리지 않고 먹어 대는 잡식성 멧돼지조차 먹으려 들지 않는다.

동식물에만 그런 것일까? 사람에게는 어떨까? 박새의 어린 잎을 쌈으로 먹고 중독 사고가 발생하는 경우가 더러 있다. 산마늘은 명이나물

박새 순

명이나물 순

박새꽃대

산나물(명이나물) 꽃

이라 하여 춘궁기에 사람들의 목숨을 이어주는 귀한 식물이나 그와 비슷하게 생긴 박새는 사람의 목숨까지 빼앗는다. 겉모양은 닮았지만 품은 속은 천양지차다.

박새의 '박'은 둥근 공 모양에서 나온 말이지만, 속이 텅 비어 실속도 없다는 뜻을 동시에 갖는다. 식물 생태계에서 혼자만 잘 살고, 혼자만 잘난 체하는 풀이다.

박새는 '동운초(東雲草)'로도 불린다. 오늘날 권력에 취한 자의 무도함과 그 하수인의 성정을 하나로 뭉쳐 놓은 듯한 독초를 바라보며 나는 실소를 금치 못한다.

ⓒ 박순찬

히어리

제 자리를 잡지 못해 방황하는 존재들

히어리(*Corylopsis gotoana var. coreana*)는 3~4월에 잎보다 먼저 밝은 노란색 꽃이 피는데 작은 고깔 모양의 꽃은 5장의 꽃잎과 5개의 수술로 되어 있고 꽃밥은 분홍색이다. 3~4cm 길이의 꽃대에 8~12개의 작은 꽃이 모여 밑으로 늘어져 핀다.

히어리는 '송광납판화'라고도 하는데 꽃이 밀납을 먹인 납판같이 두텁고 납작하며, 송광사 주변에 많이 핀다 하여 '납판나무', 또는 '송광꽃나무'라고도 부른다.

위압스럽게 선 서울중앙지검 건물 3층 옥상에는 '서리풀하늘마당'이 있다. 직원들이 그 곳을 녹색 공원으로 바꾸었는데 조경이 상당히 잘 되

만개한 히어리꽃

어 있고 식생도 다양한 편이라 휴식 공간으로 인기가 있다.

나도 이따금씩 바람을 쐬고 싶을 때나 구내식당에서 점심을 먹은 뒤에는 서리풀하늘마당을 산책하곤 했다. 그러던 어느 날 문득 뒤편 한 구석에 피어난 히어리를 발견하고 깜짝 놀란 적이 있다.

'이 귀한 히어리를 누가 이런 구석에 심어 두었나?'

봄날 노란 꽃을 피워 길잡이 역할을 하는 히어리를 이렇게 박대하다니. 안타까운 마음으로 히어리에게 몇 마디 속삭여 보았다.

노란꽃 나무가 대세인 유행에 히어리가 합류되었다. 꽃을 자세히 보고 있으면 마치 노오란 귀고리가 달랑거리는 듯하다.

히어리꽃과 열매

'히어리'라는 이름은 순 우리말이다. 정확한 유래는 알려진 바 없지만 대체로 지리산 지역 방언에서 왔다는 설이 유력하다. 순천 지역에서는 골프장의 야드(YARD) 막대기처럼 5리, 10리, 15리마다 히어리를 심어 이정표 역할을 하게 했는데, 이 15리에서 '시오리'가 되고 히어리로 변했다는 설이다. 히어리는 조록나무과 낙엽 활엽 관목으로 우리나라 고유 특산종이다.

이름의 유래가 어찌되었건, 요즘은 집단으로 심어진 곳이 많다. 멀리서 보면 노란색이 잘 보이고 가까이 다가서면 다른 나무와 확연히 구별되므로 이정표로 손색 없었을 것이다.

자연 상태로는 산수유, 생강나무, 히어리를 한 곳에서 만나기 어렵지만 수목원이나 식물원같이 인위적 식재가 가능한 곳에서는 함께 볼 수 있다. 높이 1~2m로 산기슭이나 골짜기에서 주로 자라는데 요즘은 공원이나 궁궐의 뜰에서 많이 볼 수 있다.

최근 서울중앙지검에 근무하는 후배 근황이 궁금하여 배치표를 확인한 적이 있다. 그런데 다른 부사에 비해 민생 사건을 하루빨리 처리해야 하는 형사부에 유난히 검사가 부족했다. 형사부는 경찰에서 송치하는 민생 사건을 신속히 처리해 국민들을 안심시켜야 하는 부서인데…. 마치 이정표로 역할해야 할 히어리를 뒤뜰에 보이지도 않게 심어 놓은 모순과 닮은 듯하여 머릿속이 복잡하다.

히어리를 더 심어 가야 할 방향을 확실하게 잡아 줘야 하지 않을까. 올봄 흐드러지게 피었던 히어리를 추억하며 착잡한 생각이 드는 이유는 무엇일까.

풍년화

혹한의 시련을 넘어

2023년 2월 15일, 나는 김학의 출국 금지 관련 1심 재판에서 무죄를 선고받았다. 2021년 5월에 기소되었으니 1년 8개월 만이다. 나는 이맘때만 볼 수 있는 풍년화를 찾아 나섰다. 다른 꽃을 만나기 힘든 2월에도 풍년화는 꽃을 올려 겨우내 지친 마음을 달래 준다.

예전 어른들은 "겨울에 눈이 많으면 다음 해 풍년이 든다"고 했다. 실제로 겨울철 강설량이 다음 해 여름 식물의 생장에 큰 영향을 끼친다는 연구 결과가 발표되기도 했다.

2022년 겨울, 서울엔 서너 차례 눈이 내렸다. 해를 넘긴 2023년 2월의 중순인 오늘도 오락가락 눈발이 날리는데 지붕에 쌓인 모습은 오랜만이다. 풍년화가 활짝 피면 풍년이 든다 했던가. 노랗게 핀 풍년화 위에 쌓인 눈을 볼 때면 "오매 풍년 들겠네"라는 말이 절로 나온다.

2월 말에나 들려올 법한 봄꽃 소식을 기대하며 혹시나 하는 마음으로

도르르 말려 있는 꽃봉오리와 피기 시작한 꽃 봉오리

아내와 올림픽공원으로 산책을 나섰다. 서울도 따뜻해서인지 풍년화 몇 송이가 벌써 피어날 준비를 하고 있다. 부지런한 풍년화 몇 송이는 뭉쳐 있던 꽃잎을 풀어내기 시작했다. 도르르 말려 있던 꽃잎을 노란 띠처럼 하나둘씩 펼치고 있다.

풍년화는 산수유보다 일주일쯤 앞서 3월 초에 만개한다. 그런데 철모르는 이 나무가 한 달이나 서둘러 꽃을 피우기 시작한 것이다.

풍년화는 우리나라 자생 식물은 아니다. 조록나무과 개암나무속 식물로 일본이 원산지이며 1930년경 지금의 홍릉 산림과학원에 처음 가져다 심은 이후 전국으로 퍼졌다. 일본 이름은 풍작을 뜻하는 '만작(滿作)'이었는데, 일본에서는 이른 봄에 풍년화의 꽃이 풍성하면 그해 농사가 풍작이라 점쳤다 한다. 아마도 해마다 풍년이길 바라는 마음을 담아 우리 이름을 풍년화라 정한 것 같다.

눈 속에 핀 풍년화

지구가 기상 이변으로 몸살을 앓고 있다. 자연 재해가 다수의 이재민을 만들어 내고 식물의 생태 시계마저 엉키게 만들었다. 농사가 풍년이 되려면 날씨의 도움이 꼭 필요한데, 일찍 피는 풍년화가 풍년의 징조이길 간절히 바라 본다. 올해도 내년에도 그리고 좌절과 고통을 겪는 우리 모두에게 풍요와 행운이 있기를.

목련

진짜는 어디 가고 그 무도함만 남아

우리가 흔히 보는 목련의 실제 이름은 백목련(*Magnolia denudata*)이다. 목련과의 낙엽 활엽 교목으로 중국이 원산지다. 흔히 관상수로 심으며 3,4월에 잎보다 먼저 탐스런 흰 꽃이 가지 끝에서 피는데 향이 강하고 꽃잎은 활짝 벌어지지 않는다. 꽃봉오리 모양이 붓 모양을 닮아 '목필(木筆)'이라고도 부른다.

이에 비해 목련(*Magnolia kobus DC.*)은 목련과 낙엽 활엽 교목으로 속명은 백목련과 같지만 종소명이 다르다. 한라산에 자생하며 천연기념물로 지정되어 있다. 6장의 꽃잎은 흰색이나 기부는 붉은색이다. 암술의 꽃밥은 붉은 자주색을 띠며 꽃이 활짝 피면 편평하게 펴진다. 보통 기부에 어린 잎이 붙어 있어 백목련과 차이를 보인다.

내가 다녔던 경희대학교 정문에 들어서면 '문화 세계의 창조'라고 크게 새긴 교시탑(校是塔)이 있는데, 봄이 되면 그 주변으로 목련이 흐드러진다. 거기에 엄정행 교수가 부른 "오 내사랑 목련화야…"까지 들려오면 목련화의 세계에 푹 빠져든다.

목련은 질 때 그 꽃잎이 시커멓게 변한다. 땅바닥에 시커먼 꽃잎이 나뒹굴면 이게 그 화사함을 자랑하던 목련이 맞는 건지 고개를 젓곤 한다. 도저히 봐 줄 수 없을 정도이다. 필 때의 화려함과 질 때의 처절함이 이렇게 다른 꽃이 또 있을까. 그럼에도 봄에 피는 꽃과 노래로는 엄정행 교수의 목련이 여전히 왕좌를 차지할 것이다. 그런데 최근에 그 목련에 대해 검색하다 깜짝 놀랐다. 내가 수십 년간 '목련'으로 알고 지내온 목련은 우리나라 진짜 목련이 아니었다.

우리는 흔히 '백목련'을 목련이라 부르지만 진짜 목련과 달리 꽃의 색깔이 연미색이고 기부에 붉은색이 없다. 진짜 목련은 우리나라 자생종

백목련

목련

이므로 엄연히 다르다.

사람 사는 사회에도 이런 경우가 있다. 어떤 사람이 정의롭고 공정하다 생각하고 믿었는데 실체를 알고 보니 전혀 그렇지 않은 경우, 미처 모르고 속았다는 생각에 분통을 터뜨린 기억 말이다. 진짜가 아닌 것이 진짜처럼 행세하는 세상이다.

그래도 어찌할 것인가. 백목련은 죄가 없고, 거기에 속은 사람의 잘못이리라.

목련의 종소명은 일본 말 '주먹'(拳)을 뜻하는 코부시에서 유래되었다 하니 주먹이 상징하는 무도함이 연상된다. 우리 자생종에 자기들 이름을 갖다 붙인 일본의 무례함에 또다시 기가 막힌다. 한의학에서는 찬란한 봄에 코가 막히고 답답하며 두통이 생길 때 이 목련(辛夷花)을 끓여 마시면 낫는단다. '주먹 활용법'을 제대로 익히지 못한 사람만 바보가 되는 '무도함이 판치는' 세상이다.

노랑망태버섯

자신조차 품을 수 없는 그 텅 빈 화려함이란

노랑망태버섯을 북한에서는 '노란그물갓버섯', 또는 '노랑투망버섯'이라고 부른다는데, 생긴 모양으로는 이 이름이 더 직관적으로 들린다. 서양에서는 신부의 드레스를 닮았다 하여 '드레스버섯', 말뚝버섯류의 외모가 워낙 출중하여 퀸 머쉬룸(*queen mushroom*)이라고 한다.

이렇게 예쁘고 신비로운 버섯의 탄생부터 소멸까지 걸리는 시간이 고작 2시간에서 한나절밖에 되지 않아 '하루살이버섯'이라고도 부른다. 10cm 정도로 자라며 동그란 갈색 머리 부분에 점액질 홀씨가 들어 있고 악취가 풍긴다. 이 악취 때문에 파리 등이 찾아와 홀씨를 퍼뜨려 준다고 한다.

이른 아침에 셔틀콕 같은 머리 부분에서 노란색 레이스 치마가 펼쳐지는데, 두세 시간이면 녹아 없어진다.

나는 우리 동네 뒷산 일자산을 자주 산책한다. 아내와 함께하거나 혼자서 걷기도 한다. 2022년 법무연수원으로 근무지를 옮긴 뒤로 주말에

녹아내리기 시작하는 노랑망태버섯

는 서울에 올라와 지낸다. 하여 주말 산책은 주로 일자산으로 향한다. 일자산에는 고려 말 신돈의 박해를 피해 도망 와 굴을 파고 은거했다는 둔촌 이집이 은거한 굴(둔굴)이 있다. 내가 30년 넘게 살고 있는 둔촌동이라는 이름의 유래이기도 하다.

2022년 8월 초순, 눈을 수술하고 며칠 만에 서초동 법원에 출석하여 김학의 사건 재판을 받고 집에 돌아왔다. 언제 끝날지 모르는 지리한 재판에 어떻게 대처할지 고민도 하고, 지금의 정부가 과연 어디로 튈까 등등, 온갖 잡념과 더불어 심란한 마음으로 산길을 걷던 중에 내 눈을 찌르는 물건이 있었다. 노랑색 화려한 버섯이 등산로 주변 음침한 나무 밑에 웅크리고 있었다. 시선을 잡아끄는 녀석의 화려함에 걸음을 멈췄다. 녀석이 화려한 스펙이라도 자랑하듯 '나 이런 존재야' 짐짓 뻗대는 모습에 잔뜩 호기심 어린 마음으로 다가갔다. 이윽고 손을 뻗으면 닿을 만한 거리에서 노랑망태버섯과의 상봉이 이루어졌다.

노랑망태버섯은 누군가 자랑삼아 일부러 만들어 입힌 듯 노란색 드레스가 선명하고 눈부시게 화려하다. 참외나 복숭아를 싸는 망태 같은 드레스와 그 속으로 흰 말뚝 기둥이 보인다. 어쩌면 저리 신기하게 생겼는지, 게다가 어쩌면 저토록 예쁜 모양을 갖추었는지 자연의 신비로움에 혀를 내두를 수밖에 없었다.

장마철에 일자산 그곳을 지날 때면 항상 그 자리 부근에서 노랑망태버섯을 볼 수 있었다.

겉은 화려하지만 어떤 것도 포용할 수 없고, 내용물도 없으며 세상 누구도, 심지어 자신조차 품을 수 없는 그 텅 빈 화려함에 그저 쓴 웃음이 나올 뿐이었다. 오만불손한 권력의 과거와 현재 그리고 미래의 스펙트

럼을 한눈에 보여 주는 듯했다. 겉은 번지르르하지만 내실은 없어 일시에 쓰러져 녹아내리는 그런 ….

노랑망태버섯, 그 화려함의 끝

미선나무

버려진 우아함에 대하여

미선나무(*Abeliophyllum distichum*)는 1m 정도 자라고 가지는 끝이 처지며 자줏빛이 돌고 덩굴처럼 뻗는다. 3~4월에 은은한 향기가 나는 백색, 연한 황백색, 연분홍 꽃이 가지 끝에서 총상꽃차례로 뭉쳐 잎보다 먼저 핀다. 개나리꽃과 닮았으나 크기가 좀 작고, 일찍 꽃이 핀다. 열매는 9월에 부채 모양으로 익는데 안에 납작한 반달 모양의 씨앗이 1~2개 들어 있다. 열매 모양이 '아름다운 부채'라는 뜻의 미선(美扇) 또는 부채의 일종인 미선(尾扇)에서 유래된 이름이다.

미선나무는 물푸레나무과 낙엽 활엽 관목으로 세계적으로 1속 1종밖에 없는 우리나라 특산 식물이다. 그것도 진천 법무연수원에 접한 충북 괴산의 고유종이다. 지금은 전국에 많이 퍼져 있지만 개나리와 비슷하게 취급하거나 흔한 봄꽃의 범주에 대충 쓸어 넣는 경우가 많다. 개나리꽃을 닮았지만 줄기는 덩굴처럼 뻗고 은은한 향기가 나는 백색의 꽃이 잎보다 먼저 핀다.

꽃을 볼 때마다 느끼는 감정이지만 미선나무는 개나리나 다른 봄꽃과는 비교가 되지 않는 품격을 갖추고 있다. 피는 모습 또한 정갈하고 흐트러짐이 없다. 이런 우아미(優雅美)에 감동할 수 있는 봄이 나는 즐겁다.

어느 성형외과 의사가 내게 해 준 말이 있다.

"모든 것을 성형할 수 있지만 의사가 절대로 만들어 줄 수 없는 두 가지가 있다. 그건 바로 '눈빛과 분위기'다."

눈빛과 분위기만은 절대로 성형할 수 없다는 얘기였다. 사람의 태도나 성격은 '눈빛'에서 '티'가 난다. 선한 생각과 선한 마음은 눈빛으로 드

미선나무꽃(위)과 부채 모양으로 익은 미선 열매와 새순(아래)

러난다. 그렇게 드러난 개인의 분위기는 그 사람의 성격, 생활 습관, 미의식, 위생 관념, 배려심 등 개인으로서의 됨됨이가 복합적으로 나타난 결과이므로 숨길 수도 없고 흉내 낼 수도 없다.

미선나무는 그렇게 도저히 성형하거나 흉내 낼 수 없는 우아함과 단아함으로 우리의 봄을 밝혀 준다. 우리만 가진 품종일 뿐 아니라 내 거처와 가까운 충북 괴산에서 처음 발견되었다 하니 끌리는 마음은 더더욱 간절하다.

이렇게 귀한 미선나무를 누군가 연수원 뜰 안 연못 둑 아래 심어 놓았다. 사람들의 발 아래 두어 짓밟히는 모양새다. 못을 파고 그 주위로 쌓아 올린 돌 틈새에 별 생각 없이 끼워 넣듯 심어 버린 것이다.

그럼에도 2023년 봄, 미선나무는 여느 나무 못지않게 찬란하면서도 특유의 단아한 미색 고운 빛으로 꽃을 피웠다. 열악한 곳에 심어 놓았다고 불평하지 않을 뿐더러 아무렇게나 꽃을 피워 내지도 않는다. 우악스런 사람들이 아무 곳에 마구 심어 놨다 해도 본디의 깨끗함과 우아함을 포기하거나 잃지 않고 꿋꿋이 지켜 그 본성을 온전히 드러낸다. 오늘도 나는 법무연수원 수정못을 지키는 그 나무에게 응원의 박수를 보낸다.

수정못의 미선나무꽃

금꿩의다리

진정한 아웃사이더

금꿩의다리(*Thalictrum rochebrunianum var. grandisephalum*)는 여러해살이풀로 중부 이북 지역에서 자라는 한국 특산 식물이다. 줄기는 곧게 서고 가지가 갈라지며 자줏빛을 띤다. 7~9월에 줄기와 가지 끝에 연한 자주색 꽃이 원뿔 모양 꽃차례에 달리는데, 꽃잎은 없고 4~5개의 꽃받침잎이 꽃잎처럼 보인다.

나는 여름이면 금꿩의다리를 기다린다.

아내와 함께 어디를 가나 그를 찾아다닌다. 그만큼 좋아하기 때문이리라. '꿩의 다리'라는 말을 들으면 누구나 기다란 모습을 연상한다. 그렇다. '금꿩의다리'라는 이름은 노란색 수술대가 길게 뻗은 줄기에 드문드문 마디 진 모습을 꿩의 다리에 비유한 데서 유래했으며 '금가락풀'이라고도 부른다. 가늘고 긴 다리를 연상시키는 꿩의다리는 길쭉한 마디를 갖추고 껑정하게 자란다.

가늘고 길면 '학'이나 '두루미'의 다리라 해야 할 것 같은데 사실은 좀 다르다. 이름에 '꿩'이라는 말이 들어가면 사람이 쉽게 접근할 수 없는 곳에 사는 식물을 가리키는 경우가 많기 때문이다. 꿩처럼 사람을 싫어하고 사람이 오지 않는 곳에 은둔하면서 '청산은 나를 보고 말없이 살라하네'를 실천하는 선비처럼 고고함으로 살아가는 것이다.

그런데 이 꽃의 학명에 왜 프랑스 생물학자 로체브룬(Rochebrun)의 이름을 붙였을까? 지금도 의문이다.

미나리아재비과에서 흔히 보듯 금꿩의다리는 습지에서 잘 자란다. 내가 진천에 있는 법무연수원으로 이동한 바람에 오히려 금꿩의다리는 더 자주 볼 수 있었다.

진천 옆에 붙은 안성에는 한택식물원이 있다. 식물원 밖 습지 식물원

에는 금꿩의다리가 아주 많이 자라고 있다. 개화기가 되면 우리 부부는 그곳을 자주 찾는다. '금다'(금꿩의다리)씨는 내가 갈 때마다 와락 반겨준다. 짧은 개화 기간이지만 하도 자주 만나다 보니 '인격적 만남'에까지 이르게 되었다.

실인즉 금다씨를 찾는 이는 많지 않다. 사람들은 다른 인공 원예종들이 많이 자라는 식물원 안으로 몰려간다. 모기가 많고 칙칙한 금다씨의 보금자리 습지를 그다지 좋아하지 않기 때문이다. 그럼에도 금다씨는 데크 틈새로 얼굴을 내민다. 어쩌다 다가온 사람들의 발에 밟혀도 자신을 드러내기를 주저하지 않는다.

금다씨가 내게 말한다.

'나는 여기에 버려졌어도, 사람들이 찾지 않아도, 그들이 나를 밟아도 학처럼 꿋꿋하게 꽃을 피워 내고 있잖니. 그러니 너도 너답게 살아라.'

마치 단테의『신곡』에서 베르질리우스가 외친 것처럼 말이다.

> "남들이 뭐라 해도 너는 너의 길을 가라(Tu vai oltre, continua la tua strada)."

금꿩의다리와의 인격적 만남이 내겐 큰 힘이 된다.

좋아, 나는 나의 길을 갈게.

미국실새삼

작은 영웅들에 기생하는 어둠의 세력

진천 법무연수원은 매우 넓어 일반인의 상상을 뛰어넘는다. 걸어서 다녀도 좋지만 곳곳에 배치해 둔 공용 자전거가 빠르고 편리한 이동을 도와준다. 법무연수원 구내식당은 여러 면에서 좋다. 연수원 밖에서 먹으려면 차를 타고 넓은 정원을 빠져나가야 하는데 매끼 그렇게 하기엔 제법 시간이 걸리고 귀찮은 일이다. 나는 먹는 행위에 대해 생존의 이유 말고는 별다른 의미를 두지 않는 편이라 더더욱 울타리 안을 고집한다. 또 연수원 구내식당은 균형 맞춘 식단을 제공해 주므로 넓은 정원을 오가는 산책까지 곁들이면 일부러 만 보를 걷지 않아도 체중 염려할 일은 없다.

연수원의 드넓은 풀밭과 잔디를 관리하는 작업은 결코 녹록지 않아 보인다. 소수 인력으로 여름과 가을 내내 풀을 깎고 나무를 다듬자면 해

법무연수원 사무실에서 바라다보이는 바깥 풍경.
안개 자욱한 시야에 '인권'과 '정의'는 뒤집어져 보인다

도 해도 끝이 없다는 푸념이 빈말은 아닐 성싶다.

법무연수원은 정문에서 본관까지는 수백 미터의 내리막 경사로로 되어 있다. 자전거를 타고 가 보면 페달을 밟지 않아도 저절로 본관까지 도착한다. 연수원 전체 지형으로 보면 가운데가 오목하여 물이 잘 빠지지 않는 그릇 모양이다. 그런 이유인지 연수원에서 자라는 나무는 채 자라지 못하고 죽어 버리는 경우가 다반사다. 연수원 주변을 산책하다 나무를 관리하는 분을 만났다. '나무 의사' 면허를 가졌다는 그분도 나무가 죽어 가는 이유를 물으니 잘 모른다고 했다.

'애기땅빈대'가 법무연수원 보도를 점령하기 시작했고, 풀밭과 잔디

보도블록 틈에 뿌리내리고 화강암 경계석까지 점령한 애기땅빈대

연수원 땅을 점령하기 시작한 매듭풀

밭은 '매듭풀'과 '미국실새삼'이 뒤덮어 가고 있다.

애기땅빈대는 북아메리카에서 귀화한 식물인데, 자주색 반점이 있는 잎 모양이 빈대를 닮았다 하여 붙여진 이름이다. 빨간 보도 빛깔에 가려 잘 안 보이지만 자세히 보면 녀석들도 사람에 밟힐 각오를 하고 한 해를 살아간다. 더 자세히 보면 보도에서 벗어나 있는 놈들은 줄기를 들고 날아가는 듯하지만 보도에 붙어 있는 녀석들은 줄기를 땅바닥에 바짝 붙인다. 마치 땅바닥에 배를 깔고 기어가는 모습이다. 사람이건 자동차건 밟을 테면 밟아 보라는 듯 말이다. 전혀 두려워하지 않는 모습이다. 나는 어쩌면 그들이 부럽기까지 하다.

매듭풀도 밟힐수록 오히려 잘 자란다. 자동차 바퀴에 깔릴 수 있는 척박하고 위험한 곳에 자라는 이 풀은 줄기가 단단하고 질기다. 밟히면 줄기가 땅에 닿아 거기에 뿌리를 내리고 줄기를 다시 만든다. 척박한 땅에서 밟히고 꺾일 수 있기 때문에 단단한 줄기로 무장한다. 이 매듭풀이 왜 연수원에 와 살게 되었을까? 내 나름의 식물학적 지식을 동원하여 답을 만들어 보았다.

연수원은 전체적으로 보면 땅이 척박하고 온종일 직사광선이 내리쬐는 사막과 같은 곳이라 어지간한 식물은 이런 땅을 좋아하지 않는다. 귀하게 자라는 놈들일수록 적응에 실패하는 법. 질긴 생명력을 지닌 매듭풀에게는 오히려 경쟁자가 드물어 더욱 살기 편한 곳이 되었을 것이다. 이영광 시인의 싯구마따나 "사람 말고 누구도 이따위 곳이라고 하지 않는다."*

> 생명이기에, 생명이 지닌 모든 속성과 생명이 겪는 모든 사건을 안고 꼿꼿이 살아가는 식물이 아름답다.**

연수원 한구석에 똬리를 틀고 뱀처럼 휘감고 살아가는 한 무리 식물이 있다. 바로 미국실새삼이다.

미국실새삼 역시 북아메리카에서 왔는데, 다른 식물에 붙어 사는 기생 식물이다. 다른 식물에 옮겨 붙으면 싹 틀 때 생겨난 뿌리가 사라진다. 줄기는 지름이 1mm 정도로 가늘고 둥글게 뻗어 나고 다른 풀과 나무를 칭칭 감으면서 자란다. 일단 다른 식물에 붙기만 하면 절대로 떨어

---

* 이영광 시집 『나무는 간다』 창비, 2013년 수록 시

** 최문형 『식물처럼 살기』 사람의무늬, 2017년

지지 않는다.

주로 콩과 식물에만 기생하는 실새삼과는 다르다. 실새삼은 콩과 식물에 기생하여 결국 식물 전체를 죽이고 만다.

미국실새삼을 보면 가는 지렁이나 어렸을 때 보았던 회충이 생각난다. 누르스름한 색깔에 실타래처럼 엮어 드는 모습이 뭔가 음모를 꾸미는 패거리처럼 음습하고 기생충마냥 징그럽다. 자기들끼리 뭉쳐 기생근을 통해 숙주 식물의 영양분을 빨아먹는다. 숙주 식물이 완전히 말라 버리면 그들은 이내 다른 식물로 옮겨 탄다.

나는 미국실새삼을 볼 때마다『디케의 눈물』에서 조국 전 법무부 장관

다른 식물을 칭칭 감은 미국실새삼

이 언급한 '대한검국'이라는 주장에 공감하지 않을 수 없다.

연수원에는 돌콩이나 여우팥 등 작고 노란 꽃을 피우는 귀여운 콩과 식물이 많다. 이 작은 콩과 일꾼들은 질소 고정 박테리아와 공생하며 연수원의 척박한 땅을 비옥하게 만들려고 무진 애를 쓰고 있다.

작은 영웅들에게 달라붙은 미국실새삼이 연수원 풀밭에 그들만의 어두운 세계를 만들어 가는 모습을 볼 때마다 가슴 한켠에 드리워지는 씁쓸함을 지울 수 없다.

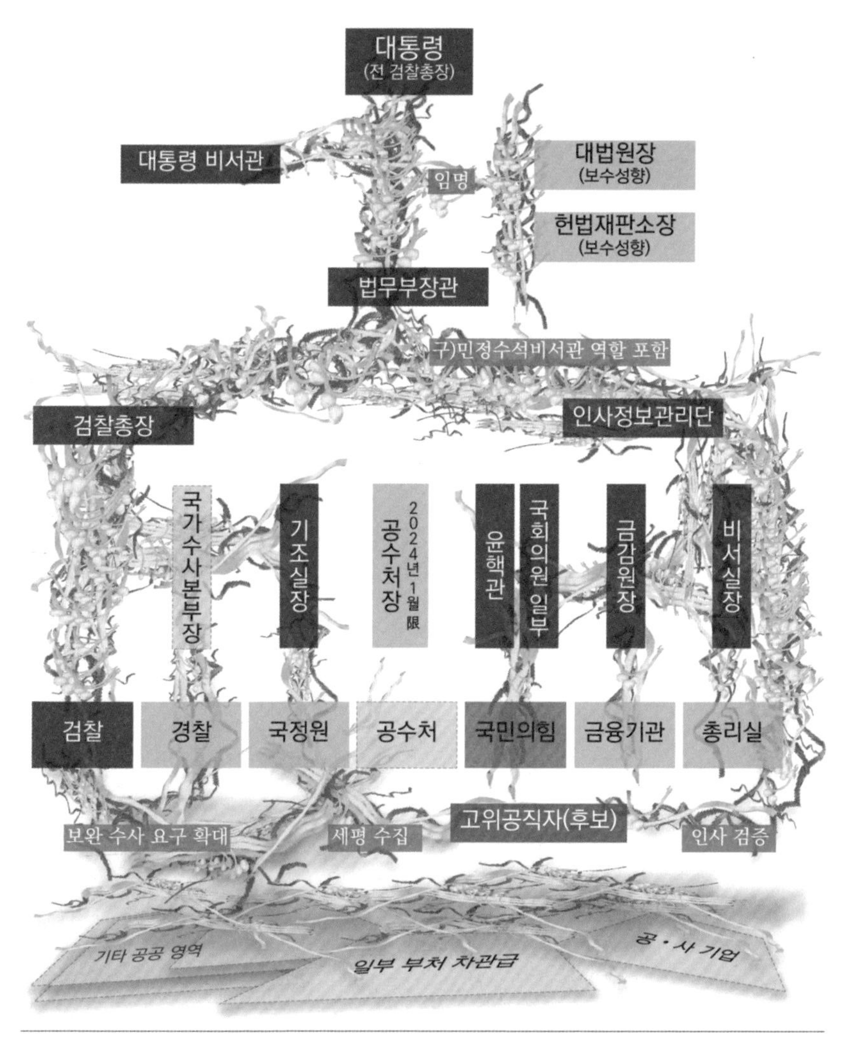

■ 박스는 현직 검찰이거나 검찰 출신이 임명된 자리를 표시함

▒ 박스는 현 정부에서 검찰 출신을 임명하려 시도했거나 향후 시도할 것으로 예상되는 경우를 표시함

윤석열 신검부 국가 권력 구조 요약도

『디케의 눈물』, 조국, 다산북스, 2023년, 79쪽 참조 인용

맹종죽

풀인가 나무인가

나는 고향 다녀오는 길이면 고창 읍성에 자주 들른다.

고창 읍성은 조선 초기에 쌓은 성이라고 하는데 답성 놀이가 유명하다. 나도 답성 놀이하는 이들처럼 성 주위를 걷는다. 성을 한 바퀴 돌다 보면 기분도 좋아지고 돌담이 주는 육중한 기운도 느낄 수 있다.

고창 읍성 입구에 세워진 답성 놀이 표지판에는 다음과 같이 답성의 전설이 소개되어 있다.

> 돌을 머리에 이고 성을 한 바퀴 돌면 다리 병이 낫고, 두 바퀴 돌면 무병장수하고, 세 바퀴를 돌면 극락 승천한다.

물론 우스갯소리겠지만 읍성 세 바퀴 돌기가 목숨을 걸어야 할 정도로 힘들지는 않을 테니, 그리 좋은 일이 생긴다면 못 해 볼 것도 없지 않겠나. 하지만 돌을 이고 돌아야 한다면 돌의 크기에 따라 생각이 달라질 수도 있겠다.

내가 고창 읍성에 가진 불만은, 성 입구에 곧바로 '옥(獄)'을 배치해 놓아 고창이 마치 형벌을 앞세우는 고을처럼 보이게 한다는 데 있다. 이건 아마도 죄를 따져 벌을 받게 하는 업을 맡아 온 지나친 내 직업의식의 발로일지도 모른다.

고창 읍성에 가면 꼭 가 보는 곳이 또 있는데 바로 맹종죽 숲이다. 오래된 맹종죽 아름드리와 큰 키에 기가 눌리지만, 대나무밭을 통과하는 청량한 바람과 댓잎 부비는 소리는 내 귀를 맑게 만들어 준다. 10m도 넘게 솟은 맹종죽과 거북등 같은 수피를 두른 노송의 아름다운 조화가 눈을 행복하게 만든다.

그런데 대나무는 풀(초본)인가 나무(목본)인가? 이에 대해 한때 의문

고창 읍성의 댓잎 바람 청량한 맹종죽 숲

을 품은 적이 있다. 결론부터 말하자면 대나무는 목본이 아니라 초본, 즉 풀이다. 목본(나무)은 부피 성장을 하므로 나이테가 있는 반면 초본(풀)은 부피 성장을 하지 못한다. 대나무는 속이 비어 있는 다년생 풀이므로 내부를 채워 가며 몸피를 불리지 못하고 죽순 단계에서 정해진 굵기 그대로 키만 자라는 것이다.

대나무는 대개 '줄기를 뿌리로 바꾸는 능력'을 이용해 땅속에서 죽순을 돋우는 방식으로 개체 수를 늘리며 번식하지만 더러는 꽃을 피우기도 한다.

내 고향에서는 대나무가 꽃을 피우고 나면 스스로 죽음을 선택한다는 믿음이 있다. 대나무 한 그루에 꽃이 피기 시작하면 온 대밭으로 번지는데 곧이어 동네에 불행한 일이 생길 징조라는 소문이 돈다고 한다.

맹종죽과 소나무의 공존이 조화롭다

초본(풀)이 어떻게 10m도 넘게 줄기를 뻗어 올릴 수 있을까 생각하면 감탄사가 절로 나온다. 대단함을 넘어 위대하다는 느낌마저 든다. 이런 생명체에게 나무냐 풀이냐를 묻는 논쟁이 무슨 의미가 있을까.

건축법상 '조경 식재 기준'이라는 게 있는데, 교목과 관목의 구별은 나무의 생김새를 기준으로 정한다. 교목의 사전적 정의는 '줄기가 곧고 굵으며 한 개의 수간(樹幹)과 가지의 구분이 뚜렷하고 높이가 8m 이상으로 자라는 나무'이다. 반면에 관목은 땅에서 가까운 높이에서 잔가지가 갈라지고 수간과 가지의 구별이 불분명하며 키가 작은 나무이다.

대나무는 건축법 제42조의 '대지의 조경'에 따라 식재하는 수종 기준과 무관할 수 있다. 지자체에서는 대나무를 교목으로 인정하는 데 소극적이라고 한다. 이를 인정할 경우 비교적 저렴하고 속히 자라는 대나무로 조경수 식재 기준을 맞추려는 편법이 횡행할 수 있기 때문일 것이다.

이제 대나무를 풀이라 규정하였으므로 대나무를 심는다면 조경 기준에 어긋나는 것일까? 논쟁의 여지가 있을 듯하다.

기준이니 규정이니 하며 법을 따지는 습관을 나는 고향 숲에서도 쉽게 버리지 못한다. 딱한 노릇이다. 속세의 그림자를 잠시 떼어 놓고 대숲 바람에 영혼부터 정화시킬 일이다.

은행나무

자신조차 감당 못 하면서

계: 식물계(Plantae)

문: 은행나무문(Ginkgophyta)

강: 은행나무강(Ginkgoopsida)

목: 은행나무목(Ginkgoales)

과: 은행나무과(Ginkgoaceae)

속: 은행나무속(Ginkgo)

종: 은행나무(Ginkgo. biloba)

식물의 분류에서 1문 1강 1과 1속 1종만 있는 식물은 내가 아는 한 은행나무가 유일하다. 이렇게 독보적인 다른 식물을 일찍이 나는 본 적이 없다. 과거 은행나무가 침엽수인가 활엽수인가를 두고 논쟁이 있었지만 지금은 어디에도 속하지 않는 독자 계통으로 보는 것이 추세인 듯하다.

은행이라는 이름은 조선 시대에도 널리 쓰였으므로 오랫동안 우리 민족과 함께해 온 나무임은 분명하다. 다만 은행나무 학명 *Ginkgo*는 銀杏을 일본어로 잘못 읽어 식물 학명으로 등재되었다는 주장이 있다. 우리로선 아쉬운 대목이다.

은행나무는 무엇보다 강한 생명력을 가진 나무이다. 우리 집 울타리에 있던 30m 높이의 은행나무가 창을 가려 어둡게 한다는 죄명으로 중간 몸통 부분이 통째로 싹둑 잘린 적이 있었다. 혹시나 죽을까 봐 걱정했는데 다음 해에 싹이 나와 이제는 잘리기 전의 큰 키로 다시 자라났다. 끈질긴 생명력을 지녔으므로 심지어 고승이 짚고 다니던 은행나무 지팡이를 어느 절 마당에 꽂아 두었더니 잎이 돋아 자랐다는 전설이 있을 정도다.

은행 열매에서 고약한 냄새가 나는 이유를 알면 매우 흥미롭다. 은행

은행나무. 가을의 정취를 대표한다지만…

나무는 과거 썩은 열매를 즐겨 먹던 공룡들을 이용해 씨앗을 옮겨 번식했다고 한다. 그렇게 번식에 성공한 나무들이 냄새 고약한 유전자를 후손에 물려주어 오늘날까지 살아남은 결과이다. 공룡이 사라진 현세에는 새들은 물론이고 다람쥐, 청설모도 먹지 못하는 열매이다. 인간이 손을 대지 않으면 보도나 차도에 떨어진 은행은 밟혀 짓이겨지고 으깨진다. 그렇지 않다면 겨울을 지나며 쭈글쭈글해진 모양으로 남지만 그 열매에 손대는 이도 거의 없다.

그런데, 은행나무가 멸종 위기종이라고? 나는 그 사실을 알고는 믿을 수 없었다. 게다가 우리나라 도로 곳곳에 가로수로 많이 심어져 있으니 더더욱 의아하고 뜬금없게 여겨졌다. 알고 보니 자생지에서는 거의 사라져 가는 중으로 사람의 도움 없이는 번식이 어렵기 때문이란다.

애초에 식물은 소나무처럼 바람이나 흐르는 물에 의해 수분했다고 한다. 그런데 이 방법은 성공률이 낮기 때문에 벌과 나비 등이 보다 정교하게 꽃가루를 옮겨 주는 식으로 수분 방식이 바뀌었다.

은행나무는 암수가 따로 있어 암그루가 열매를 맺는다. 그런데 은행나무는 아직도 덜 발달된 방식으로 수분한다. 수그루가 꽃가루를 바람에 날려 암꽃에 닿게 해 수정하는 것이다. 그러니 당연히 수분 확률이 낮다. 그런데 사람들이 가로수로 은행나무를 빽빽이 심어 놓다 보니 수분 확률이 자연 상태보다 높아지는 것이다. 그런 이유로 요즘 은행나무들은 과도하게 열매를 맺는다.

가을 무렵 가로수로 심은 은행나무를 보면 은행이 마치 포도송이처럼 달려 있다. 너무 많이 달려 그 무게를 감당 못 해 가지가 찢어질 정도이다. 그렇게 포도송이처럼 맺은 은행을 사람들은 거들떠보지도 않고, 그 역한 냄새 탓에 피해 다니기 일쑤다. 어쩌다 밟기라도 하면 똥이라도 밟은 듯 코를 막으며 털어낸다. 보기에 좋으라고 심은 나무지만 무리하게 암수를 밀식(密植)하면 감당치도 못할 정도로 열매를 맺어 가지를 부러뜨릴 뿐 아니라 볼썽사나운 애물단지 취급을 받는다.

은행나무를 보면 나는 요즘의 검찰을 돌아보게 된다. 이 세상 어느 나라 검찰도 갖지 못한 막강한 권한을 가진 검찰이 무도한 수사로 비판을 받고 있다. 하여, 그 안에서 절제된 수사를 주장하는 사람은 설 자리를 잃는다. 가지가 부러질 정도로 열매를 매달고 있다가 악취를 풍겨 대는 은행나무를 보는 느낌이다. 그저 안쓰러울 따름이다.

이윽고 은행나무가 가진 자생력은 점점 사라지고 사람에게 번식 기능을 기댄 일부 나무들은 본래의 모습을 잃는다. 마치 좁은 울타리의 공장식 양계장에서 기계처럼 알을 낳는 암탉처럼 변해 간다.

인도네시아 정글에 지름 1m가 넘는 붉은 꽃이 있다. 현지인들 말로 '붕아방카이'라고 하는데 '시체꽃'이라는 뜻이다. 아마도 세계에서 가장

감당도 못하는 열매를 주렁주렁 매달고…

큰 꽃이 아닌가 싶다. 이 꽃은 줄기도 잎사귀도 없이 땅위에 꽃만 달랑 피워 악취를 풍긴다. 파리 떼를 부르기 위함이다. 나는 은행나무를 볼 때마다 이 꽃이 생각난다. 그런데 이 꽃은 차라리 솔직해서 낫다. '나는 파리 떼를 불러 모으려고 이런 냄새를 풍긴다'라고 드러내 놓고 그 의도를 표출한다. 그에 반해 은행나무는 스스로 고상한 척하지만 그 냄새를 누구도 싫어한다는 사실은 모른다. 그 고약한 냄새의 열매를 기꺼이 먹어주던 공룡이 살던 시절은 이미 오래전에 지났단 사실을 망각한 탓이다.

은행나무가 아무리 독보적이고 끈질긴 생명력을 소유했다 해도 지금 시대에는 가로수나 관상용 또는 유실수로서의 가치를 인정해 주는 사람들의 신뢰 없이는 생존하기 어렵다. 하긴 은행나무에 무슨 죄가 있겠나. 사람들이 그렇게 만들어 놓은 걸.

⚜ 주요 나라의 검사 권한 비교

주요 권한 분류		한국	일본	독일	프랑스	미국	영국
기소권	기소 독점주의	○	○	△	×	×	×
	기소 편의주의	○	○	×	○	○	○
	공소 취소권	○	○	×	×	○	○
수사상 지위	수사권	○	○	○	△	×	×
	수사 지휘권	×	△	○	△	×	×
	검찰 영장 청구권 헌법 규정	○	×	×	×	×	×
	수사 종결권	○	△	○	△	×	×
	자체 수사력	○	○	×	×	×	×
	검찰 중앙 집권 여부	○	○	×	○	×	○
기타 권한	긴급 체포 사후 승인 제도	○	×	×	×	×	×
	체포 및 구속 장소 감찰권	○	×	×	○	×	×
	압수물 처분 시 지휘권	○	×	×	△	×	×
	변사체 검시권	○	○	○	○	×	×
	사법 경찰 징계 · 체임 요구권	○	○	×	△	×	×
	인권옹호직무방해죄 유무	○	×	×	×	×	×

★ 한국의 검사는 수사는 물론 재판에 관여하고, 재판 확정 후 징역 등의 형 집행 지휘 및 형 집행 정지권을 갖는 등 형사 사법 전반에 관여하고 지휘한다.

- 자체 수사력 구분은 검찰이 수족으로 활용할 수 있는 수사권을 가진 자체 인력을 보유하고 있는지 여부를 기준으로 한 것이며, 실제 어느 정도 독자적으로 수사를 수행하고 있는지를 고려하였다.
- 중앙 집권 여부는 검찰 조직이 집권화된 국가 검찰 조직인지 분권화된 자치 검찰 조직인지 여부를 기준으로 분류하였다.

독일

기소권은 원칙적으로 검사에게 귀속되어 있으나, 일정 범죄에 한해 범죄 피해자에게 사인 소추 제기권을 예외적으로 인정한다. 약식 명령에 해당되는 사건의 경우 세무직 공무원(Finanzbeamter)이 기소권을 행사할 수 있는 예외도 있다. 독일의 경우 기소법정주의를 원칙으로 한다.

프랑스

중죄와 복잡한 경죄 사건의 수사 및 수사 종결은 강제 수사권을 보유한 수사판사에 의해 이루어지며, 검사의 수사권 및 수사 지휘권은 현행범 수사와 예비수사 영역에 한정된다.

체포 · 구속 장소 감찰권은 연 1회 이상 실시할 수 있다. 징계 · 체임에 대한 직접 요구권은 없으며, 다만 사법 경찰에 대한 임명권을 가진 고등검사장이 사법 경찰의 자격을 정지시키거나 박탈하는 권한을 보유한다.

일본

경찰이 수사 중인 구체적 사건에 대하여 검사가 지휘할 수 없다. 경찰이 일정 범죄에 대하여 수사 종결하는 미죄 처분 제도가 있는데, 전체 형법 위반 사건의 25%에 해당한다.

일본의 검사총장, 검사장 또는 검사정은 국가공안위원회에 대한 징계 소추권을 갖지만(형소법 제194조) 실제 한 번도 시행된 적이 없어 현재는 거의 사문화되었다.

미국

일부 검찰청에서 수사관을 고용하여 운영하고 있으나 미국 검찰청 수사관은 우리나라 검찰 수사관과 달리 검사의 지시 · 명령을 받지 않으며, 검사와 수사관은 검찰 내부에서도 별도 지휘 체계를 가진 조직으로 운영된다. 한편 미국에서 수사관을 고용한 검찰청은 절반에도 미치지 못한다. 2007년도 미국 주검찰청을 상대로 한 조사에 따르면, 전체 2,331개 기관 총 77,927명의 인력 중 수사관은 7,311명(전체 인력의 약 9%), 해당 검찰 기관 가운데 정규 고용된 풀타임 수사관이 없는 기관이 1,331개 기관으로 약 57%로 확인된다.

변산바람꽃

부족함을 채우는 협력의 생존 전략

변산바람꽃은 전북 변산에서 처음 발견된 바람꽃이라 해서 얻은 이름이다. 숲속에서 자라는 미나리아재비과 여러해살이풀로 이른 봄에 피는 꽃이다. 키도 크지 않고 낙엽수림에 숨어 있기에 일삼아 찾아봐야 보인다. 흰색 꽃받침잎이 진짜 꽃잎을 대신하여 마치 전체가 흰 꽃처럼 보이도록 한다.

진짜보다 더 진짜처럼 보이게 하는 행위는 형사 사건의 단골 메뉴다. 일반 형사 사건에서는 '허위 과장'이 늘 문제가 된다. 남을 속이기 위해 진짜처럼 의도적으로 거짓을 꾸며 재산상 이익을 취하면 사기죄 구성요건에 해당된다.

한편, 법원에서는 '성명 모용 소송' 재판이 간간이 열린다. 통상 전과가 많은 피의자가 다른 사람의 주민등록번호나 이름을 대 저지르는 범

낙엽수 밑동에 조심스레 숨어 핀 변산바람꽃

변산바람꽃. 흰색 꽃받침잎이 진짜 꽃잎을 대신하여 마치 전체가 흰꽃처럼 보인다.

죄에 대한 재판인데 가족이나 친인척 간에도 종종 발생한다. 수사 기관에서는 영문도 모른 채 도용당한 피모용자를 원상 회복시키기 위해 피의자를 변경하고, 별도로 지문 등을 통해 본인을 확인하는데, 재판을 받고 있거나 이미 받았다면 꽤 복잡한 과정을 거쳐야 한다.

변산바람꽃을 설명하다 보니 사기 범죄가 생각나 이야기가 엇나갔다. 아무튼 사람은 남을 속일 목적으로 악의적으로 허위 과장하는데 반해, 변산바람꽃은 벌나비가 더 쉽게 찾아들 수 있게 의도된 '선행'으로 꽃받침잎을 과장한다. 약한 진짜를 대신하여 더 강한 진짜가 나선 모습이다. 이동할 수 없는 식물이 선택한 불가피한 생존 전략의 일환이다.

4

그리고, 희망

세한도, 김정희 작, 1844년

노루귀

짧은 겨울 해를 모아 일어선 아련한 강인함이여

노루귀(*Hepatica asiatica*)는 전국의 숲속에서 자라는 미나리아재비과 여러해살이풀이다. 높이 10cm 정도로 자라고 3~5월에 뿌리에서 나온 꽃줄기 끝에 꽃이 하나씩 달린다. 흰색, 청자색, 홍자색 꽃이 피는데 총포(꽃의 밑동을 싸고 있는 비늘 모양의 조각으로 잎이 변한 것)는 3개로 달걀 모양이며 백색 털이 빽빽하다.

활짝 핀 노루귀꽃

2019년 3월 22일 금요일, 이날 하루에 많은 일이 일어났다. 서울동부검찰청은 전 환경부 장관에 대해 직권 남용 등으로 구속 영장을 청구하였고, 그날 저녁 심야에 김학의 전 차관은 몰래 출국하려다 공항에서 긴급 출국 금지 대상이 되어 언론에 대대적으로 실시간 보도되었다.

토요일인 다음 날 아침 일찍 일어나 전날 밤 늦게까지 전화 연락이 안 되던 문무일 당시 검찰총장에게 전날과 아침의 상황을 취합하여 전화로 보고한 후, 출근하여 상황을 파악해 관련 업무를 지시하고 늦은 시간에 귀가했다. 그 다음 날은 마음이 너무도 복잡하고 심란했는데 아내가 지금쯤 산에 노루귀가 피었을 테니 같이 가 보자고 부추겼다.

다음 날인 2019년 3월 23일, 아내와 검단산에 올랐다. 아내는 지금쯤 노루귀가 어딘가에 우리를 기다리고 있을 거라 장담하면서 나더러 찾아 달라고 했다. 나는 예의 꽃개 촉을 발동해 아내보다 앞서가며 노루귀를 찾기 시작했다. 계곡에서 물소리는 들렸지만 아직은 푸른 새싹들도, 앞장서 봄을 알리는 생강나무꽃도 보이지 않는 겨울 산이었으므로 벌써 야생화 소식이 들려 온다는 남녘의 산들과는 사정이 사뭇 달랐다.

우리가 찾는 꽃은 좀처럼 제 모습을 드러내 주지 않았다. 큰 산의 그늘에 가려 봄의 온기가 미치기엔 아직 이른 듯도 했다. 등산을 목적으로 나선 길이 아니었으므로 정상까지는 마음을 접었고 계곡이 끝나는 지점까지만 오르다 되짚어 내려왔다. 하지만 그냥 가기는 못내 아쉬웠다. 혹시나 하는 마음에 '매의 눈' 모드에 돌입했다. 강력한 꽃개의 촉에 매의 눈을 가동한 정성이 갸륵했던지 역시나, 딱 나의 염원과 정성만큼 마침내 청노루귀가 제 모습을 아스라이 드러내 주었다. 여리디여린 푸른빛 노루귀 한두 개체가 낙엽 이불을 뚫고 나오는 중이었다.

조금 더 올라가니 노신사 한 분이 카메라를 받쳐 놓고 개화 사진을 찍고 계신다. 신사 분의 설명으로는 네 시간째 지켜보는데 이제 꽃봉오리가 벌어지기 시작했단다. 낚시하는 사람만 세월을 낚는 건 아니었다. 그분 말씀으로는 칠 년 전부터 노루귀를 찾아 찍고 있는데 개체 수가 해마다 눈에 띄게 줄고 있다고 했다. 게다가 환경 변화 탓인지 노루귀 그 푸른빛이 점점 옅어지는 걸 해마다 느끼고 있단다.

조심조심 몇 컷을 찍고 주차장으로 내려오니 커다란 렌즈를 들고 올라가는 한 무리 상춘객이 보인다. 아직 만개하지 못한 노루귀들이 제 몸을 내주어 모델 노릇하려면 몸살 깨나 앓겠다 생각하니 녀석들이 안쓰럽다. 부디 내년에도 또 볼 수 있기를….

노루귀는 어린 잎과 잎자루에 하얀 털이 소복하고, 잎이 나올 때 살짝

만개를 준비하는 '청' 노루귀꽃

각양각색으로 피어난 노루귀꽃

각양각색으로 피어난 노루귀꽃

노루의 귀를 닮은 노루귀 어린 잎

말려 있는 모양이 접힌 노루의 귀와 닮아 그렇게 부른다. 산의 북사면에 낙엽 이불을 덮고 있다가 겨울 햇빛을 모아 꽃대를 밀어 올린다. 하지만 노루귀는 햇빛에 오래 노출되는 곳은 싫어하고 오히려 습한 곳을 좋아한다. 그래서 낙엽이 많이 쌓인 바위 밑이나 고목 아래가 뿌리내리는 최적지이다.

우리가 만나는 노루귀는 흰색, 분홍색, 자주색, 청자색 등 꽃 색이 뚜렷하거나 색의 변이가 다양해 흰노루귀, 청노루귀, 분홍노루귀라고 부르지만 그렇게 부르면 안 된단다. 그게 무엇이든 정명(正名)엔 색깔을 붙이지 않는다고.

그럼에도 모두를 노루귀라는 하나의 이름으로 불러 주기에는 색색의 그들이 너무도 특별하고 소중하다. 하여 나는 그 이름 앞에 '청'을 붙이고 수식어로 띄어 "'청' 노루귀" 소심하게 불러 본다.

지금도 매년 봄이면 만나는 노루귀이지만 그 꽃을 볼 때마다 나는 김학의 전 차관이 출국하던 때를 떠올린다. 아직 내가 '김학의 전 차관 출국 금지 수사'를 방해했다는 혐의로 기소되어 진행되는 재판이 끝나지 않고 있으니 이젠 싫어도 그를 떠올릴 수밖에 없다. 참으로 답답하고 참담할 노릇이다.

'김학의 전 차관 사건'은 대한민국 검찰 역사상 가장 치욕적인 부분이다. 노루귀를 볼 때마다 그 사건이 연관되어 떠오르니 이렇듯 연약한 노루귀에게 내 마음의 짐을 옮겨 지우는 듯싶어 슬그머니 미안해진다.

노루귀는 이른 봄 깊은 산에 얼음이 풀리기 시작하면 눈 이불을 헤치고 피는 꽃이라 하여 파설초(破雪草)라고도 부른다는데, 연약함 뒤에 숨겨진 그 강인함에 놀라곤 한다. 여리여리한 꽃줄기에 기적으로 보일 만한 푸른빛 꽃이 피는 걸 보면 숨이 멎는다. 꽃을 찾아 다니는 이유가 아마도 이런 감격 때문이리라.

아내와 함께 황량하고 인적 드문 산을 찾아 나설 때면 나는 잔뜩 열이 오른 머리를 식히고 발상의 전환까지 덤으로 얻어 온다. 지끈거리고 골치 아픈 현안들에서 잠시 벗어나 꽃개 본연의 임무를 수행하고자 우선 검단산으로 향한다. 이 산속까지는 푸르고 신선한 봄이 쉬 들어오지 못한다.

눈에 불을 켜고 계곡의 낙엽수림을 훑어보노라면 허리를 펴지 못하는 노루귀가 눈에 들어온다. 바싹 마른 낙엽 한 잎조차 버거운 모습이다. 무릎 꿇고 낙엽을 들어올려 그리운 얼굴을 영접하면 내 안에 묵혀 두었던 어둠이 가신다. 아내를 위한 책임을 다했다는 뿌듯함도 있지만, 나는 오히려 연약한 노루귀에서 위로와 새로운 결심을 얻는다.

'꺾이지 않으리라. 어둠 속에서도 꽃을 피우리라.'

한껏 꽃대를 올리던 노루귀는 밤이 되면 다시 영하의 날씨에 얼어 죽을지도 모른다. 나는 그 줄기가 꺾이지 않게 주의하면서 낙엽 이불을 살며시 덮어 주고 내려온다. 누가 누굴 걱정하는 건지 모르지만….

낙엽을 뚫고 나온 '청' 노루귀

처녀치마

내 상처를 어루만져 준 위안과 위로

처녀치마(*Heloniopsis koreana*)는 백합과 늘푸른여러해살이풀로 비옥하고 습윤한 낙엽수림 아래에서 자란다. 잎은 줄기와 따로 구분되지 않고 뿌리에서 여러 개가 모여 피어 올라 방석처럼 퍼진다. 가장자리에 치아 모양의 잔톱니가 있는 가죽질의 잎은 6~20cm 길이로 자라며 겨울에도 파랗게 살아 있다. 꽃이 지고 나면 겨울을 보낸 잎은 비로소 그 생을 다해 파랗게 돋는 새잎에 자리를 내준다. 꽃대는 10~30cm 길이로 자란다. 꽃은 4월에 잎 사이에서 나온 꽃줄기 끝에 보라색으로 핀다.

이렇게 추운 겨울을 어떻게 견디었을까. 혹독한 추위를 이기고 솟아오른 꽃대가 어쩌면 이렇게 연하고도 예쁜 연보라 꽃을 피울 수 있을까.

처녀치마꽃

처녀치마.

그 이름만 들어도 가슴이 설레는 나는 매년 봄이면 처녀치마와 만나는 꿈을 꾸곤 한다. 꽃개로서도 좋고 혼자여도 좋았다. 처녀치마만 보러 간다면 주인 따라 눈밭을 나서는 강아지마냥 기쁘다. 처녀치마는 잎을 넓게 편 모습이 마치 처녀의 치마폭을 연상한다 하여 붙여진 이름으로 차맛자락풀, 치마풀이라는 이명도 있다.

꽃개를 자임하고 아내와 함께 꽃을 보러 다닌 지 15년이 넘어가던 어느 날, 아내가 갑자기 처녀치마를 보고 싶다고 했다.

사실 지난 2월 말에도 그 꽃을 보자는 말에 안성에 있는 한택식물원에 간 적이 있었다. 너무 춥고 땅이 풀리지 않아서인지 그곳 처녀치마는 땅바닥에 치마를 늘어뜨린 채 아직 꽃대를 밀어 올리지는 않은 채였다.

아직 꽃대를 밀어 올리지 않은 처녀치마의 치맛자락

시간이 흘러 아내가 다시 처녀치마를 보고 싶어했다. 꽃개의 소명을 다하기로 마음을 잡았다. 이번에는 청계산 부근에 있는 식물원으로 향했다. 그곳은 법무부 검찰국장이나 서울중앙지검장 시절 혹은 수원지검과 공수처에서 나를 수사한다고 소란 피울 때처럼 극심한 스트레스를 받을 때마다 찾던 곳이다. 야생화를 마주하여 그들과 대화하고 나면 마음이 풀렸다. 힘겹게 핀 야생화는 나에게 말을 거는 듯했다.

"얼마나 힘드니?"

그때마다 나는 꽃잎과 눈을 마주해 마음속으로 천천히 답해 주었다.

'네가 있으니 그래도 견딜 만하다.'

유불리에 따라 이합집산하는 사람들의 모습이 지겨울 정도였지만 야생화는 때가 되면 늘 제자리에 피어 꾸밈없는 천의무봉한 아름다움으로 나를 반겨 주었다.

그 무렵 나는 집 욕실 바닥에 쓰러진 적이 있다. 새벽 2시경 샤워를 하던 중이었다. 말하자면 과로에 스트레스가 겹쳐 혼절한 것이었다.

얼마의 시간이 흘러 깨어 보니 차가운 바닥에 피가 흥건했고 위를 올려보는데 누워 있는 곳이 낯설었다.

'여긴 어디지?'

멍한 정신을 추슬러 둘러보니 내 집 욕실이었다. 쓰러지는 순간 욕조에 머리를 부딪쳐 정신을 잃은 것이었다. 비틀거리며 일어나 거울을 보며 통증 부위를 조심스레 확인했더니 코뼈가 부러지고 찢긴 얼굴에선 피가 흐르고 있었다. 잠시 고민했다. 자고 있는 아내를 불러 깨우면 놀라 까무러칠지도 모를 일. 우선 현장을 깨끗이 치워 정리했다. 부러지고 찢긴 부위를 화장지를 대 임시로 지혈했다. 수상쩍은 소리에 비몽사몽 깬

듯한 아내에게 짐짓 아무일 아니라는 듯 잠깐 나갔다 오겠다 말하고 나와 급한 걸음으로 집 근처 병원 응급실을 찾았다. 코로나 때문에 입원이 까다로웠고, 찢긴 부위의 상태가 썩 좋아 보이지 않으니 큰 병원으로 가라는 말에 다시 상처를 부여잡고 택시를 잡아 타 다른 병원에 도착했다. 새벽 4시였다. 그때부터 MRI 등 몇 가지 검사와 응급 처치를 받고 집에 돌아오니 시간은 이미 정오가 되어 있었다.

그렇게 넘어져 얻은 상처가 채 아물기도 전에 처녀치마를 보러 나선 것이었다. 다른 꽃들을 둘러본 아내와 함께 마지막으로 처녀치마를 찾아 나섰다. 그리고 환영 폭죽을 터뜨리듯 우리를 반기는, 푸른 치마 위로 꽃대를 올린 처녀치마를 마주했다. 그렇게 나는 마침내 아내에게 '어여

막 꽃대를 밀어 올리고 있는 처녀치마

마침내 꽃대를 밀어 올린 처녀치마

꽃이 지고 난 후 새로 돋아난 처녀치마 잎

쁜 처녀'를 소개시켜 줄 수 있었다. 연보라색 꽃이 주는 위안과 위로, 행복감은 이루 말할 수 없었다. 그간의 상처가 씻기듯 했다.

마음이 한결 가벼웠다. 말수 적은 아내도 남편 때문에 받았던 스트레스를 이겨 내는 듯 보였다. 이래서 나는 꽃개 역할을 멈추지 못한다.

석산

심어진 자리에서 결실을

석산은 보통 '꽃무릇'으로 알려져 있다. 고창 선운사 꽃무릇은 그야말로 장관이다. 푸르른 숲 밑에 마치 빠알간 카펫을 펼쳐 놓은 듯하다.

나는 고향 고창에 갈 때마다 선운사에 들른다. 선운사는 시인 서정주를 탄생시킨 곳이기도 하지만 동백(3~4월에 피어나므로 '춘백'이라는 주장도 있지만)으로도 유명하다. 하지만 나는 동백보다 꽃무릇에 이끌려 자주 간다.

몇 년 전 겨울 선운사에 갔을 때였다. 길섶에 난초 잎 같은 풀이 푸르게 나 있었다. 처음엔 '맥문동이구나' 싶어 그냥 지나쳤다. 그런데 가녀리고 색이 연한 이파리가 조금 다르다 싶어 가던 길을 되돌아와 자세히 들여다보았다. 맥문동이 아니었다.

선운사 꽃무릇 군락지. 맥문동 닮은 꽃무릇의 잎만 파랗다

꽃무릇 잎이었다.

작년에 아내와 꽃무릇을 보러 갔었다. 꽃무릇은 대개 9월에서 10월까지 정열적인 붉은 꽃을 피우고 나서 잎을 틔운다. 그렇게 꽃을 못 보고 돋은 잎은 겨울에도 시들지 않고 푸르게 자란다. 꽃무릇 잎은 광택이 나는 짙은 녹색의 선형이다. 겨울에도 푸르름을 유지하다 5월이 되면 스러진다. 그때까지는 열심히 비늘줄기에 영양분을 저장해 꽃 피울 준비를 한다.

꽃무릇은 이렇게 가을부터 이듬해 봄까지는 잎만 외롭게 성장하고 다시 가을이 돌아오면 꽃만 외롭게 피워 올린다. 비슷한 생태를 가진 상사화처럼 꽃무릇도 잎과 꽃이 서로 만날 수 없으니 상사병이 들 만도 하다.

꽃무릇의 비늘줄기(鱗莖)는 독성이 있는데 수용성 독이라 물에 우려 독을 제거하면 좋은 녹말을 얻을 수 있다. 구황 작물로도 요긴하게 이용되는 이유다. 이 녹말로 절에서는 불교 경전을 제본하고 탱화 표구를 한다. 꽃무릇을 말려 탱화나 단청에 염료로 쓰면 좀이 슬지 않고 색도 변하지 않는다. 비늘줄기에서 나오는 독성을 이용하는 것이다. 절 주변에서 꽃무릇을 많이 재배하게 된 연유이다.

단풍이 설악산 대청봉에서 조금씩 시작된다는 소식이 들려올 때면 남쪽에서 올라온 꽃무릇 소식에 나라 전체가 온통 붉게 물들기 시작한다.

열흘 붉은 꽃이 없다.
가을의 초입에 일제히 불꽃처럼 타오르다
꺼진 성냥알처럼 길쭉한 꽃대만 남아
내년의 화려한 생을 꿈꾸는 꽃무릇
곧 꽃대도 시들어 쓰러지면 푸른 잎들이 돋을 게다.

잎이 없이 외롭게 피어난 꽃무릇꽃

잎을 만나기 위해 끝까지 지기를 거부한 꽃

찬바람 몰아치는 겨울 추위를 시퍼렇게 이겨 내고
또다시 살아남으면 가을에 터뜨릴 불꽃을 위해
한여름 땅속에서 깊은 준비를 한다.
꽃무릇
불꽃같은 생은 끝없이 이어진다.

우리나라에 들어온 꽃무릇은 씨앗을 맺지 못하는 3배체라 비늘줄기로 번식한다. 그러니 꽃무릇은 지지고 볶더라도 한 번 심어진 곳에서 살아가야만 한다. 다른 꽃들은 열매나 꽃가루를 날려 먼 곳으로 옮겨갈 수 있지만 꽃무릇에겐 그 방식이 허용되지 않는다. 나의 평소 좌우명인 '심어진 곳에서 꽃 피우라(Blossom where you are planted)'에 어쩌면 그렇게 잘 들어맞는지 모르겠다.

한 번 심어지면 그 자리에서 최선을 다해 꽃과 뿌리를 키운다. 주인이 지켜볼 필요도 없다. 꽃이 늘 그 자리를 지킨다. 참으로 의리의 꽃이라 할 수 있다. 꽃무릇은 그 이전에 피는 '상사화'와 같은 수선화과이고 상사화속이다. 잎과 꽃이 죽을 때까지 그리워한다(相思)는 그 애틋함이 좋다. 相思花의 '相' 자는 아내 이름에 들어 있는 글자이기도 해 더 좋다.

2021년 6월 10일, 내가 서울중앙지검장을 이임하면서 보낸 이임 편지는 다음과 같다. 꽃무릇과 상사화를 생각하며 심어진 곳에서 꽃을 피우겠다는 좌우명을 소개하였다.

중앙지검 가족 여러분, 이성윤입니다! 작년 1월 처음 뵙고 취임 말씀을 드린 것이 엊그제 같은데, 벌써 1년 6개월이 지나 이제 작별 인사를 드려야 할 시간이 되었습니다.

… 중략 …

중앙지검장으로 부임한 이후 지금까지의 시간을 돌아보면, 마치 거친 파도 위에서 흔들리는 배의 중심을 잡고 끊임없이 앞으로 나아가야만 하는 상황의 연속이었고, 개인적으로는 수없이 많은 번민의 시간이기도 했습니다. 이임하면서 그 동안 하지 못했던 몇 가지 소회를 말씀드리고 싶습니다. 검찰의 일부 잘못된 수사 방식과 관행이 많은 비판을 받고 있어, 저는 기본과 원칙 그리고 상식에 맞는 절제된 수사를 하여야 한다고 평소 생각해 왔습니다.

… 중략 …

끝으로, 제가 초임 시절부터 가졌던 검사로서의 원칙과 마음 자세를 말씀드리고자 합니다. 저는 전북 고창에서 가난한 농부의 아들로 태어나 어려운 형편에 장학생으로 선발되어 대학을 졸업할 수 있었고, 서울지검 검사로 첫 출발을 하였습니다.

… 중략 …

또, '심어진 곳에서 꽃 피워라'를 좌우명으로 삼아, '지금 있는 이 자리'에서 최선을 다해 법리와 증거에 맞는 수사 결론을 위해 노력했다고 자부합니다. 이런 사정 속에서 초임 검사로, 부장 검사로, 그리고 검사장으로 열정을 불태웠던 이곳 서울중앙지검에서, 최고의 인재들과 함께 손을 맞잡고 일할 수 있어 크나큰 영광이고 행복이었습니다.

느티나무

위엄과 위안을 한 몸에 품고도

대검찰청 주변에는 느티나무가 많이 심어져 있다. 이웃 대법원과의 경계에는 울타리 삼은 스트로브잣나무가 빼곡하다. 그 안쪽으로도 느티나무가 일렬로 서 있다. 그렇게 세운 느티나무 숲 뒤로 해치상을 놓아 두었다.

'느티'의 어원에는 여러 학설이 있지만, 나는 함경도에서 쓰는 신성하다는 의미의 '느지다'의 '느'와 하늘을 '치받다', '티가 나다' 등의 '티'를 합성한 말에서 나왔다는 설을 좋아한다. 즉, 느티나무는 '신성한 나무'라는 뜻이다. 그래서인지 느티나무의 수형을 보면 웅장하고 거대하다. 어느 누가 봐도 웅장하고 왠지 위대해 보이기까지 하여 보는 이로 하여금 기가 눌리게 만든다. 그런 까닭인지 느티나무는 마을 당산나무로 많이 심었다. 이런 느티나무가 어떤 이유인지 몰라도 대검찰청에 많다.

대검찰청 후문의 느티나무 가로수 길

대검찰청에 근무하는 2년 동안 나는 아침 8시가 되면 청사 구내를 산책했었다. 대검 후문에서 바라보면 느티나무 숲이 일자형으로 쭉 펼쳐져 있어 서울중앙지검과 서울중앙지방법원을 모두 거느린 형국이다. 대검에 이렇게 느티나무를 심어 둔 이유가 바로 여기에 있다는 생각이 들었다. 신성함과 웅장함을 주는 느티나무로 공정하고 엄정한 분위기를 조성해 보려고 했던 건 아니었을까.

대검이 제작한 2023년 달력 표지

그런데 지금 검찰의 모습은 어떠한가? 느티나무가 품은 위엄과 위안은커녕 무소불위의 권력을 함부로 휘두르는 '위압'만 남아 있지는 않은가. 조국 전 법무장관의 말을 인용하면, '법의 (엄정하고 공정한)지배(rule of law)'가 아니라 '법을 이용한 지배(rule by law)'라 비판받는 '대한검국'의 중심에 서 있지 않은가 말이다. 그럼에도 대검에서 제작 배포한 2023년 달력 표지를 보면, 스스로를 '법과 질서의 상징'이라 버젓이 새겨 넣었다. 법을 만드는 국회와 법원과 깨어있는 시민들 앞에서 감히 자신들이 그 상징이란다.

검찰의 자화자찬에 수긍하고 동의하는 시민들이 도대체 얼마나 될까. '수급불류월(水急不流月)'이라 했다. 냇물이 거칠게 흘러도 물에 비친 달은 흐르지 않는다. 오만과 공감 능력 부재의 상징이 된 검찰이 권력으로부터 엄정한 중립을 지켜 급류 위의 달빛처럼 의연하게 소임을 다해 주길 바란다면 연목구어일까?

국민은 위엄 잃은 검찰을 외면하고 심지어 개혁의 대상으로 지적한다. 내부에서조차 존폐의 위기에 봉착할 것이라는 우려가 나올 정도이다. 기가 막힌 현실에 느티나무를 볼 때마다 안타깝고 부끄러워 나는 자주 얼굴을 붉힌다.

반면에 법무연수원에는 느티나무가 많지 않다. 땅이 습한 곳이라 생태적으로 어울리지 않았는지도 모른다. 나는 주중에는 거의 진천 법무연수원을 지킨다. 그래서 하루 세끼를 연수원 구내식당에서 해결하는 경우가 대부분이다. 구내식당에서 밥을 먹고 나오다 보면 눈앞에 느티나무가 버티고 있다. 그 마당에 옮겨 심은 지 얼마 되지 않아 작업의 용이함을 위해 잘라 놓은 가지도 아직 그대로다. 자리를 제대로 잡지 못해 위엄 있는 본래의 모습을 보여 주진 못하지만 그래도 느티나무의 풍모

법무연수원 구내식당 앞 느티나무

로선 손색이 없다.

쓸쓸한 '혼밥'을 마치고 나오는 내게 느티가 물어 오는 듯하다.

'밥은 먹고 다니니?'

나도 미소로 답한다.

'너도 고향을 떠나 이곳 진천까지 와 적응하느라 고생이 많구나.'

매일 세 차례씩 보게 되는 느티나무는 신성함보다는 살가운 느낌으로 다가온다. 해를 넘기며 대화를 나누는 법무연수원의 느티와 나는 이미 '마음 동무'가 되었다. 때로는 마주앉아 이야기를 나누는 이웃집 아저씨 같기도 하다.

양하와 야고

가식 없이 허세도 없이

양하와 야고를 아는가?

양하로 만든 반찬을 사 먹어 본 사람은 일부 있겠지만 양하꽃을 직접 본 사람은 그리 많지 않을 것이다. 더구나 야고꽃은 아는 사람은 물론이거니와 그것을 직접 본 사람도 드물다. 이 두 꽃이 워낙 알려져 있지 않기도 하거니와 양하든 야고든 둘 다 숨어 피는 꽃이라 더욱 그렇다.

꽃이라 하면 으레 자신을 드러내 화려한 스포트라이트를 받는 모습을 상상한다. 그것이 우리들이 생각하는 꽃의 이미지이기 때문이다. 어쩌면 꽃이란 '드러냄'을 전제로 생겨 난 단어가 아닌가 싶다.

양하꽃

양하 줄기 밑으로 땅에 바짝 붙어 핀 양하꽃이 보인다

양하는 생강과의 여러해살이풀이라 줄기와 잎이 생강과 많이 닮았다. 양하 줄기가 생강보다 키가 크고 잎도 길쭉한 편이다. 양하꽃은 땅속줄기에서 비늘잎으로 싸여 있는 뭉툭한 꽃줄기가 땅바닥에 삐죽 솟아 분홍색 꽃을 피운다. 꽃을 피우는 곳이 줄기 아래쪽 땅바닥에 바짝 붙어 있으므로 대부분 사람들은 무성한 양하 이파리만 보고 지나칠 수 있다. 다시 말해 양하꽃은 아는 사람에게만 보인다.

야고는 억새 뿌리에 기생하여 꽃을 피운다. 야고꽃은 예전에 시골 어르신들이 빨던 담뱃대를 거꾸로 꽂아 놓은 모양의 꽃대에서 연한 자주색으로 피어난다. 그리하여 '담뱃대더부살이'라는 별칭으로도 불린다. '담뱃대'는 생긴 모양에서, '더부살이'는 억새 뿌리에 기생해 피어나는

양하꽃

속성 탓에 붙은 이름이리라. 우리네 선조들은 이렇게 숨어서 피는 풀꽃에도 정확한 속성을 알아내 정겹고 이쁜 이름으로 불렀다.

땅바닥에 붙어 피는 꽃이라 흐드러지게 피어난 억새를 감상하면서도 그 뿌리 근처에 이쁘고 앙증맞게 제 얼굴을 드러내고 있을 야고를 보기는 쉽지 않다. 그렇게 피어난 모양이 마치 우악스런 시골 삼촌들의 장난스런 관심이 부끄러워 엄마 다리를 부여잡고 몸을 배배 꼬며 볼을 붉히는 앳된 소녀같다. 그런 면에서 야고꽃과 양하꽃은 닮은꼴이다. 제주도에서는 신기하게도 억새 대신 양하에 기생해 피어난 야고가 발견되기도 한다.

여느 꽃들과 달리 양하와 야고는 사람들의 눈길이 싫은 모양이다. 사람들은 땅 위로 높이 솟아 드러난 양하 줄기와 억새에만 눈길을 줄 뿐, 줄기 밑 그늘에 숨어 핀 꽃은 지나치기 십상이다. 수줍음 타는 내성적인

야고꽃

꽃이라 그런지도 모른다. 식물도 성격이 있을 거라 생각하니 더욱 그렇게 느껴진다.

남들 앞에 돋보이려 애쓰다 보면 자신을 잃어버리기 십상이다. 남에게 인정받기 위해 가식과 허세의 유혹에 빠지기 또한 십상이다. 경력 부풀리기의 유혹을 떨쳐 낼 수 없다. 그러자니 부질없는 자존심만 강해진다.

알아주는 이 없어도 스스로 완성하는 게 자존감이다. 자존감이 충만한 사람은 굳이 자신을 꾸미지 않아도 그 기품이 저절로 풍겨 나온다. 자존심일랑 화끈하게 줄이고 공허한 가슴속을 자존감으로 채울 일이다.

양하와 야고는 은둔거사의 자존감을 갖추었다. 아무도 모르게 피어나

스스로의 아름다움을 가꾸고, 주어진 생의 목표를 완수하려고 최선을 다한다. 이쯤 되면 스스로 만족하며 카타르시스를 즐기는 존재가 아닐까.

사람 사는 세상도 크게 다르지 않을 것이다. 남의 눈을 의식하여 나를 잃어버리기보다는 '자기다움'으로 살아가는 삶이 지고지선일 것이므로.

달맞이꽃

신뢰가 만든 조화와 상생

달맞이꽃은 밤에 핀다. 낮에는 꽃잎을 다물고 있다가 밤이 되어서야 노오란 꽃을 피운다. 이름처럼 밤에 달을 맞이해 피는 꽃이다. 달맞이꽃은 보통 은은한 노란색 꽃을 피우지만 요즘은 도시 화단에서 낮에 분홍색으로 피우는 낮달맞이꽃도 많이 볼 수 있다. 하긴 낮에도 달은 떠 있으니.

큼직한 분홍 낮달맞이꽃을 좋아하는 사람들이 많지만, 그건 낮에도 달맞이꽃을 보고 싶어하는 사람들 손에서 다시 태어난 원예종일 뿐이다.

달맞이꽃은 키가 50cm에서 1m까지 자라는 꽃으로 보통 7월 여름에 핀다. 흔히들 우리 토종 야생화로 알고 있지만 사실은 귀화종이다. 달맞이꽃 오일이 피부에 좋다는 소문 덕에 더 널리 알려져 있기도 하다.

대부분의 꽃은 낮에 핀다. 이는 수분을 도와주는 벌나비가 날이 밝아야 꽃을 볼 수 있기 때문이다. 그런데, 달맞이꽃은 왜 밤에 필까? 꽃의 영어 이름이 '이브닝 프림로즈(evening primrose)'이니 서양에서도 저녁이 되어서야 피어나는가 보다.

밤에는 꽃이 잘 보이지 않으므로 꽃 모양이나 색깔의 화려함보다는 후각을 자극하는 향기가 곤충들을 불러 모으는 데 오히려 유리하다. 이렇게 해가 진 이후에 개화하는 꽃들을 '야화(夜花)' 또는 '야래향(夜來香)'이라고 부른다.

달맞이꽃이 밤에 피는 이유로, 낮에는 곤충을 유혹하는 식물들 간 경쟁이 심하므로 이를 피해 밤 시간을 택했을 것이라는 설명이 일반적이다. 말하자면 레드오션을 떠나 블루오션을 택한 셈이다.

식물이 꽃을 피우는 유일무이한 목적이 자기의 유전자를 남기고자 함인데, 절체절명의 목표를 두고 어쩌면 무모할 수도 있는 선택을 어찌 그리 과감하게 할 수 있었을까? 다시 말해, 낮에도 확신할 수 없을 텐데 어떻게 밤중에 곤충들이 자기를 찾아 날아들 것이라는 걸 확신했을까? 잘 보이는 햇빛 아래의 화려함으로도 수분을 못 해 번식이 불가능한 경우가 허다한데, 달빛 아래 사랑을 위한 도움의 손길을 기다려야 하는 삶과 죽음의 선택적 결단이 내겐 쉽게 납득되지 않는다.

거듭된 생각 끝에 내린 나의 결론은 '자신을 둘러싼 세계에 대한 달맞이꽃의 신뢰'에 있었다. 달맞이꽃에게는 달빛 아래 꽃을 피워도 자신을 찾아 사랑을 완성시켜 줄 도움의 손길이 있을 거라는 스스로에 대한, 그리고 주변 세계에 대한 믿음이 있는 것이다. 그렇기에 과감하게 밤을 선택했고 자연은 결국 그 신뢰에 생존으로 보답해 주었다. 이처럼 자연은 서로 경쟁하면서도 나름의 질서를 만들어 협력과 조화를 이룬다. '이기적' 인간만 끼어들지 않는다면 오랜 기간 만들어진 자연의 평형은 깨지지 않는다.

달맞이꽃

진천 법무연수원에는 구내 카페가 있다. 연수원이 워낙 넓어 외부로 나가려면 특별히 마음 먹어야 할 뿐 아니라 일상적으로 동료와 차라도 편히 한잔하려는데 매번 지갑 챙기는 일도 번거롭다. 다행히도 연수원 내에는 언제나 편히 찾을 수 있는 카페가 있을 뿐더러 현금이나 카드 없이 서명만으로도 커피나 차를 주문해 마실 수 있다. 말하자면 외상 장부이다.

요즘 세상에 외상 장부라니 이상하게 들릴 것이다. 연수원 구내 카페는 전산 기록이 안 된단다. 그래서 펜으로 직접 기재하는 외상 장부에 서명하고 일정 기간마다 외상액을 지불해 결산한다. 카페 입장에서는 손님에 대한 믿음이 있기에 말하자면 '신용 거래'를 하는 것이다. 그렇게

법무연수원 구내 카페 창 안팎의 모습

신용 장부에 한 달이면 수십 번 서명하고 날짜 맞춰 결산해 주니 자연스럽게 상호 신뢰가 쌓인다.

수분을 할 수 있으리라는 믿음으로 달맞이꽃이 밤을 선택했듯, 아무리 디지털 문명이 발전해도 '믿음'만 쌓이면 아날로그 세상도 충분히 잘 돌아간다. 식물의 세계나 인간 세상이나 오십보백보다. 신뢰가 있으면 어떻게든 조화를 이루게 마련이다.

법무 검찰에 대한 국민 신뢰도나 청렴도를 조사한 결과가 때때로 발표된다. 그 결과는, 여론 조사 용어를 빌리자면 하위권에서 계속 '횡보' 하는 모양새다.

어둠 속에서도 신뢰로 핀 달맞이꽃이 결국 아름다운 열매를 맺고, 그 열매가 사람들에게도 도움을 주는데, 검찰만 생각하면 나는 가슴이 답답해진다. 굳이 태양 아래 드러내려 애쓰지 않아도 달맞이꽃처럼 사람들에게 신뢰를 주고받을 그날이 언제나 올까. 씁쓸하게 자문(自問)해 본다.

납매

희망을 전달하는 섣달 매화

입춘이 얼마 남지 않은 그날은 눈이라도 올 듯 쌀쌀하고 우중충했다. 고향에 갔다 올라오는 길에 고속도로 옆 식물원에 들렀다. 이른 봄이지만 혹시나 꽃을 피운 나무가 있을까 하는 기대로 들떴다.

들어서자마자 '혹시나'가 "와우!"로 바뀌었다. 아직 두터운 외투를 입어야 할 정도로 추운 날씨에 이리도 화사한 꽃이 많다니…. 실로 인상적이었다. 문득 투명한 연미색 물체가 내 눈길을 잡았다. 몇 걸음 더 다가가 보니 가느다란 관목 같은 줄기에 노란 꽃이 달려 있다. 개나리가 이리도 빨리 피었나? 직원에게 물어봤지만 아니란다. 개나리도 아니고 생강나무도 아니면 뭐지?

납매(臘梅)였다. 겨울철 섣달에 피는 매화를 뜻하는 臘梅 대신 꽃이 밀랍처럼 투명하고 얇아 한자로는 蠟梅라고도 쓴다. 매화라곤 하지만 식물학적 분류상 매화 가족은 아니다. 납매는 낙엽관목인데, 남부 지방에서는 어머니가 자녀에게 베푸는 사랑처럼 자애로운 꽃이라 하여 정원수로 많이 심었다고 한다.

풍설을 뚫고 이렇게 아름답고 여린 꽃을 피우다니. 감격에 얼굴을 가까이 댄 내게 납매가 속삭이는 듯했다.

'동지섣달 꽃 본 듯이 날 반겨 주소.'

나는 그렇게 납매와 처음 마주했다.

이런 꽃을 그동안 내가 몰랐다니. 따뜻한 품속에 녹여 주고 싶을 정도로 투명하고 가녀린 꽃잎을 추운 날씨에 피워낸다는 점이 인상적이었다. 다른 봄꽃보다 미리 핀다는 것도 내겐 뉴스였다.

그렇게 납매는 내 관심과 사랑의 대상이 되었다. 이제 우리 부부는 누가 먼저랄 것도 없이 "가만히 앉아서 봄을 기다릴 수는 없다" 하면서 납매가 피는 곳을 찾아 나선다.

납매는
추위에도 봄이 온다는 걸 미리 알려 준다.
납매를 찾아 나서는 건
곧 봄이 온다는 기대감 때문이다.
납매를 대하면
새봄처럼 희망이 다가온다.
납매를 만나면
풍년화, 복수초와 함께
노란 봄들의 합창이 시작된다.
섣달 납매가
이제 내년을 준비하라고 내게 주문을 건다.
납매를 본 날은
꽃말처럼 자애로운 봄을 맞이하는
동심으로 돌아갈 수 있어 좋다.

재판이나 징계, 수사 등을 받다 보면 눈앞의 스트레스나 고통이 심화돼 온종일 신경이 곤두선 채 그 일에만 매달리게 된다. 마치 내 감정 바구니에는 그것만 담겨 있는 것처럼 느껴지고 스트레스가 마음을 짓눌러 이내 우울해진다.

살아가면서 나에게도 소소한 기쁨과 행복한 순간들이 왜 없겠나. 나만의 작은 행복들은 감정의 바구니에 먼저 들어온 불쾌한 단어들을 쫓아내지 못하고 그 곁에 겨우 자리를 잡는다. 말하자면 힘겹게 만들어 내는 감정의 포트폴리오라고나 할까.

환하게 핀 납매를 만나면 감정의 포트폴리오가 재편집된다. 스트레스와 우울증을 밀어낸 행복감이 바구니 속을 꽉 채운다. 이럴 때면 꽃을 알게 된 것이 정말 고마울 뿐이다.

금잔옥대

유배지에도 꽃은 피어나니

2022년 2월 초 어느 주말, 아내와 제주도를 찾았다. 섬 바람이라도 쐬고 돌아올 심산이었다.

2월은 상춘객들에게 '꽃'과 '춘궁기'를 합성해 '꽃궁기'라 일컫는, 꽃을 거의 보지 못하는 계절이다. 하지만 우리는 아직 찬바람이 부는 날씨에 화려한 수선화를 만났다. 어찌나 반갑던지 아내가 사진을 찍으며 수선화 밭을 정신없이 돌아다녔다.

금잔옥대(金盞玉臺).

183년 전, 서울에서 제주로 귀양 와 대정현 산방산 아래에서 8년 동안 위리안치된 추사 김정희가 크게 위안을 받았다는 그 꽃이다. 제주에서 피는 수선화를 흔히들 금잔옥대라 부른다. 꽃을 자세히 보면 마치 금빛 술잔(금잔)같이 생긴 노란 꽃(덧꽃부리)이 하얀 옥쟁반(옥대) 같은 받침(꽃잎) 위에 얹힌 듯 피어 있다. 그래서 '금잔옥대'가 된 것이다.

추사가 보았다는 금잔옥대와 지금의 제주 수선화(전통 제주어로는 '물마농'이라고 한다)가 같은 것인지를 두고 여전히 논란이 있지만, 나는 추사도 1840년 어느 날 같은 금잔옥대를 보았을 것으로 믿는다. 나는 얼굴을 금잔옥대에 가까이 들이댄 채 추사의 마음으로 돌아가 그때 그 심정을 헤아렸다.

금잔옥대는 눈 내리는 계절 세찬 바닷바람을 견뎌 피어나는 작은 수선화다. 그런데 이 꽃을 왜 수선화라 부르기 시작했을까?

'수선화'는 원래 중국에서 지어진 이름이라고 하는데, 전래 이야기에 따르면 하늘에는 천선(天仙), 땅에는 지선(地仙), 물에는 수선(水仙)이 있다고 한다. 그러므로 수선화라 하면 '물에 사는 신선의 꽃'을 의미한다.

예부터 사람들이 신선이나 선녀를 좋아한 이유는 그 상상의 존재들이

금잔옥대꽃

사람들의 마음을 때론 흔들고 때론 붙잡아 주어 그러했으리라. 그러니 보고 즐기던 꽃에도 '신선'이나 '선녀'라 이름 붙였다. 그런데 왜 굳이 신선일까?

도교에서는 살아 생전 도를 이루어 우화등선(羽化登仙)하면 천계(天界)에 이르는데 그런 존재를 이른바 천선(天仙)이라 하여 최고의 신선으로 친다. 그 다음은 도를 이루긴 했으나 지상의 명산 등에 지내는 신선을 지선(地仙)이라 한다. 우리가 흔히 말하는 신선은 대개 이 지선에 해당한다. 어느 종교든 '신선'이나 '선녀'에 대응되는 존재가 있게 마련이고, 그들이 상징하는 이미지는 고아(高雅)함이다. 고아함은 비바람을 견디는 고행과 자신을 닦는 치열한 수행 끝에 뒤따른다.

금잔옥대를 보면 피어난 꽃의 자태만으로도 신선의 풍모를 떠오르게 하지만 꽃을 피워 낸 그 용기와 강인함은 실로 대단하다. '물서리'('몸서리'에 빗대 금잔옥대의 삶의 여정을 표현한 나의 신조어다)치는 물가에 자라면서도 그 압력과 추위에 굴하지 않고 고난을 이겨 낸다. 무섭도록 휘몰아치는 바닷물과 모진 바닷바람에도 결코 요동치지 않고 고요함을 유지하는 신선 같은 꽃이라 수선화가 되지 않았을까.

그래서 수선화 즉, 금잔옥대가 주는 이미지는 고아함과 고요함이다. 나아가 흥청망청하는 속세의 이미지보다는 수행을 통한 절제, 위기에 처한 인간에게 나타나 기꺼이 도움의 손길을 내미는 신선의 풍모를 느끼게 한다.

생각은 꼬리에 꼬리를 물고 끝없이 이어진다.

추사는 금잔옥대를 사랑하고 그로부터 위안을 얻어 유배지의 설움과 간난을 이겨 냈다. 하지만 당시 제주 백성들은 수선화를 소나 말에게 먹이로 주고 있었다. 지천에 흔하다 보니 그 가치를 몰라본 탓이기도 하거니와 척박한 해안가 땅에 마소의 먹이조차 넉넉지 못한 환경 탓이리라. 금잔옥대를 각별히 사랑했던 추사의 안타까움이야 모를 바 아니겠으나, 한편으로 추사의 인품이라면 그렇게 힘겹게 삶을 이어가는 민초들의 아픔을 더 안타까워하지 않았을까.

추사가 유배되어 지내던 제주 거처에는 언제나 바닷바람이 세차게 몰아 닥쳤다. 아내와 내가 찾았던 그날도 몸을 가누기 힘든 바람이 당시 추사의 삶을 돌아보라는 듯 매섭게 날아들었다. 그 바람을 맞으며 나는 여리여리 흔들리면서도 모진 시련을 견뎌 핀 수선화를 고요히 마주해 그 인내를 되새겼다. 그리고 한지에 묵묵히 겨울 소나무를 새겨 넣는 추사의 의지를 내 안에 담았다.

야리야리 작은 줄기에서 기어이 피워 낸 금잔옥대가 전하는 묵직한 고요가 가슴속으로 파도처럼 밀려들었다. 그러더니 나의 허허로운 공간에 인내와 연단(鍊鍛), 소망을 채워 놓았다. 마침내 나는 폭풍 속에서 이루어 낸 고요에 감응했다.

꽃을 피우는 일은 식물에게도 가장 힘든 단련의 과정이리라. 일생일대의 지난한 작업을 통해 비로소 아름다운 꽃이 탄생한다.

다른 꽃을 볼 때와 다른 감정으로 수선화를 만나 보라. 꽃을 피워 내기까지의 시련이 느껴진다. 절정이 지난 후에도 결코 그 고매함을 잃지 않는 금잔옥대는 세태에 아첨하지 않고 추하게 늙지 않는 드문 꽃이다. 하여 나는 금잔옥대에게서 시대를 건너 꿋꿋한 정신을 배운다. 고고한 선비를 닮은 이 꽃이 나는 좋다.

야리야리 작은 줄기에서 기어이 피워 낸 금잔옥대꽃

에필로그

"꽃은 무죄다!"

2023년도 이제 깊은 가을로 접어들었다. 내가 이곳 진천에 온 뒤로 계절이 여섯 번이나 바뀌었다. 허허롭던 내 가슴속에 마침내 야생화가 풍성히 남았다. 서울에서 보자면 진천이 외진 땅일 수도 있겠으나 어찌 옛 선배들의 유배지에 비하겠는가. 마음먹기 따라서는 철따라 꽃이 피고 지는 법무연수원도 천국이다.

천 년 전 가야를 복속한 신라가 피지배 백성들을 이곳 진천과 충주로 유배시켰다. 그리하여 가야 후손인 김유신과 우륵이 신라의 변방이던 심산유곡 진천에서 태어나게 된 것이다. 이 땅에서 김유신은 삼국통일을 꿈꾸었고 우륵은 거문고를 만들어 세상 사람들에게 영혼의 울림을 선사했다. 말하자면 진천은 위대한 꿈을 키워낸 역사의 현장이다.

나는 지금 수석침류(漱石枕流)의 억지에 맞서 있다. 하지만 진실은 반드시 드러나게 마련이니, 물이 빠지면 돌이 드러나는 수락석출(水落石

出)의 형국을 조만간 보지 않겠는가.

윤석열 법무검찰은 나를 그냥 놔두지 않았다. 나에 대한 기소와 징계를 반복한다. 얼마 전까지도 내가 관리 책임자로 있던 바로 그 서울중앙지검 현관으로 나를 불러냈다. 과하지욕(跨下之辱)의 피의자 출석 통보에 나는 기꺼이 응하였다. 그들은 나를 징계의 도마 위에 올려놓고 동시다발로 사건을 진행한다. 한꺼번에 세 건의 징계를 받는 공무원은 기네스북 감이라는 우스갯소리를 듣는다. 어제는 재판에 나가고 오늘은 징계의견서를 내고 내일은 또다시 수사와 재판에 대비한다. 둔감력으로 무장이야 했지만 벅차지 않을 순 없다. 그래도 나는 맞선다.

다시 수락석출을 되새긴다. 한 줌도 못 되는 윤석열 전 검사와 주변 세력의 실체는 곧 드러날 것이다. 손으로 하늘을 가릴 수 없고, 오직 양심의 부름에 따라 묵묵히 사명을 받드는 풀꽃 같은 존재들이 우리 사회를 지켜 왔고 앞으로도 그러리라는 믿음이 있기 때문이다. 바다 위에서 잔재주를 부리는 조각배가 도도한 물결을 배신할 순 없는 법. 민수검주(民

水檢舟)의 진리를 나는 조금도 의심치 않는다.

내 믿음의 근거는 야생화에 있다. 망초는 꺾여도 기어이 꽃을 피운다. 민들레는 밟힐수록 굳세게 움을 틔운다. 세찬 겨울바람을 견뎌 내며 고아한 자태를 드러내는 금잔옥대를 보았는가. 그들은 여려 보이지만 결코 무력하지 않으며 제때 제자리를 지켜 세상을 일깨운다. 사람의 마음을 움직이는 생명력은 늘 그렇게 피어난다.

나는 대한민국 검사다. 하지만 무도한 자들의 훼방으로 검사의 눈을 잃었다. 나는 이제 야생화의 눈으로 세상을 본다.

어지러운 세상이다. '검(檢) 날수록 화(花)내는' 날엔 그 향기가 만리를 날아 세상을 품는다. 야생화의 시선에 유검무죄(有檢無罪) 무검유죄(無檢有罪)는 없다. 풀꽃에는 거짓도 허세도 없다. 들꽃은 역천(逆天)의 무도함도 허용치 않는다.

그러므로
꽃은 적(敵)을 두지 않는다.

그렇다.

꽃은 평화다.
꽃은 소통이다.
꽃은 순리다.
꽃은 희망이다.
그러므로 꽃은 무죄(innocent)다.

이성윤이 걸어 온 길

2022.5~ 법무연수원 연구위원
2021.6~2022.5 제53대 서울고등검찰청 검사장
2020.1~2021.6 제61대 서울중앙지방검찰청 검사장
2019.7~2020.1 법무부 검찰국장
2018.7~2019.7 대검찰청 반부패강력부장
2018.6~2018.7 대검찰청 반부패부장
2017.8~2018.6 대검찰청 형사부장
2015.2~2017.7 금융위원회 조사기획관
2014.1~2015.2 광주지방검찰청 목포지청 지청장(세월호 사고 검경합동수사본부장)
2004.4 청와대 민정수석실 특별감찰반장
1994 서울지방검찰청 검사
제23기 사법연수원
1991 제33회 사법시험 합격
1989.11 육군 병장 만기 제대
1987 경희대학교 대학원 환경법석사
1985 경희대학교 법률학과 졸업
1981 전주고등학교 졸업
1962 고창 출생

꽃은 무죄다

검사 이성윤의 검檢 날수록 화花내는 이야기

발행일 2023년 11월 25일 초판4쇄
2023년 11월 20일 초판1쇄
지은이 이성윤
발행인 오성준
발행처 아마존의나비

기획 권용주
편집 김재관
본문 디자인 김재석
표지 디자인 김선예
인쇄 대성프로세스

등록번호 제2020-000073호
주소 서울특별시 은평구 통일로73길 31
전화 02-3144-8755, 8756
팩스 02-3144-8757

웹사이트 www.chaosbook.co.kr
ISBN 979-11-90263-23-8 03810

정가 19,800원